U0102723

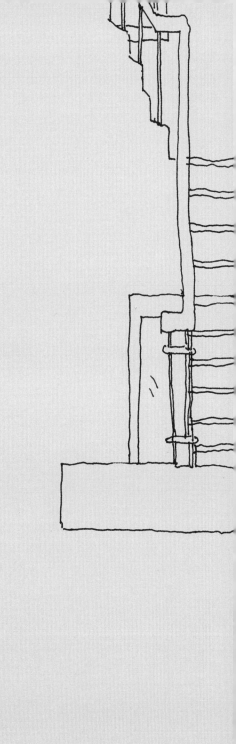

清晨，请跟感觉走

亲爱的二笔·开卷有益

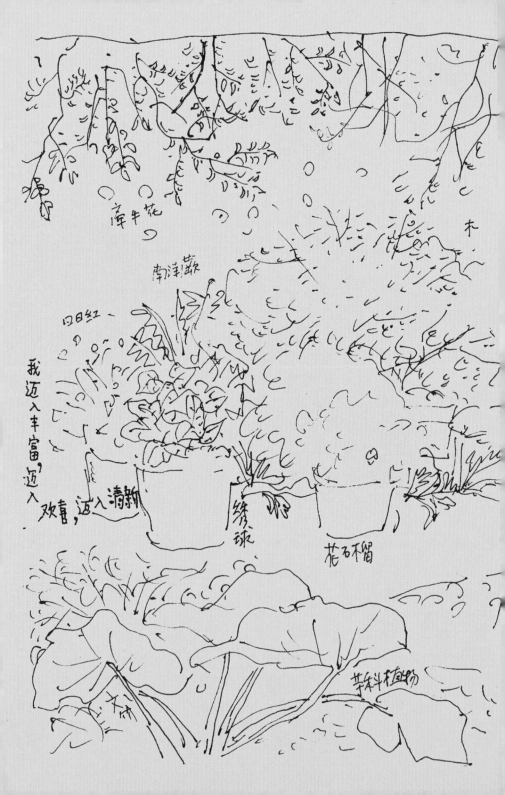

牵牛花

南洋蔴

木

日日红

我迈入丰富，迈入

欢喜，迈入清新

绣球

花石榴

天南星科植物

莲

香

香水
月耕

蓮莖　木耳

日云　荷花

哇噻噻！

一蔸雨水一蔸禾

蔡皋

———

著

湖南文艺出版社
HUNAN LITERATURE AND ART PUBLISHING HOUSE

博集天卷
CS-BOOKY

一切皆因有光

自序·笔记日常

我喜欢用笔记我的日常，日常的可爱可记，是我几十年来的认识。年轻的时候求新求异，以为新意在日常之外，后来慢慢体悟，所谓"新"是藏在日常之中的，不变中的变才是新新不已的所在。

自然的一切都是悄无声息地进行，并不喧哗。年纪一大把了，删繁就简就来了。笔记就只记兴趣了。

我的兴趣在哪里呢?

在不起眼的地方。试举两例。

先讲洗脸。

我妈妈在世时同我说："洗脸嘛，最后用手指顶着毛巾顺着耳轮和耳根这么来几下，实在舒服，这才叫洗过了。"我觉得可以一试，一试果然熨帖①，有根本上清爽了的感觉。之后，我就喜欢这种清洁方式了。我自觉地以各种有效果的方式清洁自己，并认为清洁自己才可以清洁环境。

自己的艺术，本质上不就是一种清洁工的工作吗？

又说识字。

近年来，我重新识字，从"一"开始，之所以从"一"开始，是因为我的小孙子叫我这么做。其时，那孩子正上幼儿园，他在矮桌上叉开腿叫我看："奶奶，这是'人'字，"之后双臂平举，"这是'大'，"垂下双臂来勾起一只脚，"这是'小'。"原来"人"字是这么写的，一撇一捺支撑的。而双手平放的地平线才叫作"大"哦。我从头开始识字吧，像孩童一样，用简而又简的方法去体验吧。

我记着平实的、有趣的和来神的日常。从中培养自己的眼光。瓜棚豆架，草木虫鱼，锅盘碗盏……阳光从那些地方照过来，爬上我的案头，斑斑点点，充满喜感。

大约就是这个样子。

笔记是一种抚慰，也是一种恨无长绳能系日的弥补吧。

一

阳春有脚

像长了脚的春天
四处带来温暖

春天来时，阳光明媚，是以光点替瑞雪迎春。

阳春有恩于万物，恩可遍施，是因为脚。

我家阳台内外的绿叶通透明亮，有脚的光从窗口爬进来，爬过窗台的植物，又顺着桌子爬到我的书本上，行家里手②般的，不仅有脚，而且识文断字。

我喜欢阳春，它布施光、布施暖意，我的书、我的本子也因此蒙恩得光、得暖意。

我把韭菜剪了，齐根剪的结果：它越长越快，它只能赶快，赶快。

此话由我外婆来讲就是一句话："春菜如马草。"乡下人更直白，说："春上插根棍，棍在土里都会发。"发陈发陈，万物以荣。

春三月，此为发陈，天地俱生，万物以荣，夜卧早起，广步于庭，被发缓行，以使志生，生而勿杀，予而勿夺，赏而勿罚，此春气之应，养生之道也。

我把韭菜剪了，齐根剪的结果，它越长越快，它只能赶快，赶快。

农历十月，阳光与五月仿佛。农历十月称小阳春，正好打叠起精神等着会晤三月。

文字都会在某时某处去见人的，我也是这些人中的一个。

自己看自己的文字也有一种遇见的感觉，遇到从前的人事、物事也是遇，而且又有另样的心思。

唉，谁让文字沾上阳春的生气呢？棍棍在此时尚能生发，文字碰到文字立马重新拥抱，彼此重新发现，又多出一些文字，也是极自然不过的事。

金银花藤

那会不停地旋的叶子

草 木 不 想 错 过 好 时 光

人看植物，植物生长在安安静静之中。都说植物生长靠光合作用，夜晚它们是睡眠状态吗？清早去看所种，不是一夜之间就长出一寸吗？就是说生长是不间断的。肉眼能看出的变化是最大的变化，看不到的不等于没有，细胞的分裂、生长、修复的过程看不到，但好像夜晚更活跃咧。

人这种生物和植物相似，也是安安静静的状态下长得好，看婴儿就知道了。婴儿绝对是安宁的，所以，长起来一天一个样子。后来，有了自我意识，安静不下来了，越长越热闹，离自然远了，不那么可爱了。

真的，我们错过了许多好时光。

错过了我们经常打交道的事物。就像我们错过了我们种植的花草。我们从来就没有仔细地看它们一眼。一旦发现，就不想继续这么漫不经心地过去，太可惜了。

我想，花草们也不想错过吧，它们不也是精精致致地过它们的日子，记录它们的好时光吗？仔细地去观察植物，会发现它们被设计得非常精致，精致还要加上有趣、神秘、庄严等等。

人粗放地去看自然界的植物已没有什么神秘感，人真是浅薄无知得让植物耻笑。从植物的角度或者从动物的角度看人，人是什么东西？应当也是被设计得非常精致的生物，当然也会被冠上各种定语，可怕的、可恶的、可信赖的，诸如此类。

我看到荷叶的芯并不是一个圆的点子，而是同荷叶一样的，如书的形状。荷叶是一本打开的袖珍书，真是创意无限。

和花草打交道，真的不会辜负你。

自然界可是一部大书，大得你没有办法阅读所有。

推开落地门的时候，不意惊飞了一鸟。

因为信息的丰富，你哪怕读一棵树、一株花木，都要有足够的时间和热情去读。虽然人受着时间和空间的局限，还是能读出它们的丰富。

楼下的香樟和楼顶的紫藤用不同的方式讲述它们的故事，这些故事证实了造物神圣庄严的信息，并一直努力传递着它们的信息，使亲近它们、爱护它们的人得福。

在它们面前，我能做到的是尽可能在我的作品里传达出它们的"言语"。

下 雪 天 ， 吃 菜 天

今日二候，蛰虫始振。

昨日小红来，一起喝白咖啡，她喝大份，我喝三分之一。

夜晚睡不着，咖啡的劲太大，也太敏感了。

翻几个身，天光了，细满（我屋里的姑娭毑，听障人士）看我醒了，来到房里指点江山。

我想，莫非有新鲜事，真下雪了？连忙要她掀开门帘推开门，呀，屋顶上都变银白了。

落了雪，人就想去找踏雪的感觉，古人踏雪寻梅，我们院里现成植有两株蜡梅，春天一样的冬天早就开过了，红梅花多少年都没有去寻，没法去寻，省了这份心。"我们踏雪寻菜去。"我对沛老倌说。他正捂着棉被没起身。

于是乎，我踏雪寻菜。细满不想待在家里，她打着手势要同我一起去，于是乎一起去。

雪是雨携来的，融得快，地面车少人少处有少许冰碴子。围墙上趴着的迎春花早已盛开，它无法预知春天来了还有冬天。

虫子们不知在哪里"始振"，人倒是振出来不少。

第一摊位的摊主也开业了，她有甜酒糟卖，沛老倌喜欢冷甜冷甜的，所以买它一大碗。甜酒一看就知没有掺水，老板娘随我自己去挖，这很合我意，原汁原味搞它两勺子。又买藠头菇③和白菜苔，因听说是南县来的。

豌豆滚圆一粒，碧绿碧绿，问它多少钱一斤，老板娘头点得与她说话吐词一样的频率。

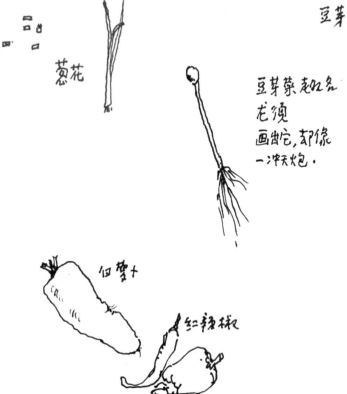

葱花

豆芽

豆芽剪去叹名
老须
画出它，却像
一冲天炮。

白萝卜

红辣椒

白萝卜炒红辣椒，闹南光说
此菜叫作"踏雪寻梅"。

"很贵，很贵。"

"多贵？"

"很贵……"

"到底贵到哪里去嘛？"

"二十元一斤！"

"我要半斤嘛。"

要半斤，结果只要了四两，因为零钱一把统共八元五角。

又买豆，发现它太漂亮，又不氧化，忍不住将那种对转基因品种的坏处宣讲一通。好在老板娘心情好，连忙向我宣称她要去找进货人。这样也好，市场健康总要人培养嘛，买菜的人不买，卖菜的人就要想一想事了。

红萝卜买一大堆，反正大家都爱吃。摆上桌，怎么看都爱人。

青豌豆果然甜得可人，有叉烧肉一碗配它们，全场吃了个心满意足。

窗外雪白，窗内一桌春菜，色彩好看，来感觉。

下雪天，吃菜天，有味口的天总是好天！

厨事就着欢快，有色有香有味

我家厨房窗户朝东。

懂《易经》的人说，厨房东向很好，所以我下厨时心情好，心情不好也会变好。因为人一边做厨事，一边就看到日出月出。日出月出的位置会在季节变化之中推移。日出最好，远处的大楼都有机会戴上金红的或是朱红色的冠。月出最温柔，有时可以看到红月亮。而月如钩时人就会怀古，会怀旧。

人快乐着做厨事，厨事就着欢快味，菜在手在锅在碗，有色有香有味；人怀古怀旧时，适合做炖菜，炖菜因怀古怀旧变得绵软香糯。久而久之，人入厨下总会看天色，有无甚可看日，心思就集中一顿快炒。

今日真是一个特别的日子，窗外飘着雪花。雪花绵软，不比雨。雨来我也喜欢，雨来会敲我窗，会在玻璃上做各种肌理，有声有色。雪来像思绪，莹白莹白，"飘"字形容未见得好，"飞"字也总觉不能传神，

"舞"字占点灵气，"旋"字又嫌它快了一点，总之形容不出，特别是阔别经年。记忆中的雪花附着在一片银白中纷纷扬扬，人在厨下，心却跟着飞扬的飞扬起来。

大雪飘来的今日，这老城有多少东向的窗子让人感受到这雪白莹晶的美意？

日出东窗的去日和来日，又有多少东向的窗子去迎那金灿灿的暖意？有人说，只要你有心，厨房里也能看到上帝。

窸 窣

今天早餐吃着蒿子粑粑就粥，吃着吃着听到墙角有虫子叫，再仔细听，又没有了。一会儿又听得窸窸窣窣，倾耳再听，又没了，不知到底是谁在墙角。喂，这里有十二层楼高，谁有这号本事？

我今天也窸窣一下。我取出大画板，窸窸窣窣把画纸用胶带纸固定在画板上，然后窸窸窣窣洗笔换水，用松软的木炭条在画纸上起稿，完全像那个"谁"。拜托，人总不能不如一虫子吧，蛰伏一冬，也要叫唤叫唤了吧。

明天，明天是惊蛰了，会有雨吗？会有雷吗？春雷在春节时已经响过了，听说明天后会有雪来，雪来是暖雪吧？虫子不怕吗？

芋头长胡须了，也太性急了！

倒 春 寒

立春过，来的不是春而是冬，气温是三摄氏度，听说还有负数字。负数字不常有，这几年都没看见过雪花和冰凌。难道今春会来？

春天来的冬天，在日历上是迟了和反了。但自然不这样看，它在做一种调整，或说是对所有的不自然做出自己本能的反应。

春寒，春寒，春寒渐暖后还有倒春寒。

春寒，三摄氏度的空气给人清冷的感觉。清冷不仅使人有清醒清明的感受，所有的植物都很警醒。瑞香两株在楼顶冷冷地开，冷冷地香，迷迭香星子一样繁的紫灰的花更冷更冷地香。冷的香和冷的美是一种看破红尘似的清醒的美，不必讨好，不必凑热闹，不必标榜。

暖冬时日栖居在紫藤和凌霄藤蔓上的鸟雀们忽地没了，也是择尽寒枝不肯栖吧。楼顶没有鸟，也就没有一地鸟粪，显得清洁又清爽。占了清字的光，风景变得耐人寻味，浑浊的和懒散的被收拾了，世界显出了冷静和深沉的一面，深沉的不喜热闹干扰，这是它的脾气。

春　分

春分将昼夜平分，光的强度也与冬日不同起来。光及早登堂入室，南窗光线欣欣然进入我的小书房，将冬日的晦暗挤到旮旯里躲藏起来。我看春分如此这般处理光线，身子轻松，原来我已轻衣，原来水暖五分了。

一天的春分是清早六点，要想得春分好气，得此时起床。一个人情绪的春分，以小屁孩来时为候。小舟子回来会来拥抱老太婆，如果家里还有第二个老太婆（我的五位妹妹中的一位），他就顺势一次抱俩，算是交代春分驾到。

玖粒（我的孙儿）来时，开门，春分就要藏一藏，大约是人未进门时就听到老太婆嚷"我们家的少先队员来啦"，就不好意思。因为他入队有小故事，听过他的小故事，是人都笑，但他不以为好笑，他是很认真的。

躲藏躲藏再闪出来嘛，脸依然红扑扑，还带羞涩，好玩极了。春分应当是这般光景。

立正，一岁七个月的玖玖表弟，动作的关键他，认为两条小腿是要会拢来的。他尽力把小腿夹紧，（其实是膝盖）结果屁股只能翘起

敬礼的姿式是要做圆满的话，左手也在帮忙。

因为知道大人都在欣赏，都在笑，他也跟起笑

清明

雨水带来清明，清明是借物事以明人事，借人事以明了物事的清明。

写下这两个字的时候，是因为看到了清明，体验到了一种只能属于个人体验的清明。

茶梅的清明是花籽，花籽好像团团围着的四粒，它的子房茶绿色，鼓鼓的，分成四股，有的还有花蕊未掉。茶梅的新叶也是合抱而生，片片新叶像新茶的嫩绿与陈叶的墨绿对照，显示出另一种清明。

罗汉松的清明不仅在色彩的反差，就是形态也很清明，呈菊花形状，像绿菊花。

月季、杜鹃的清明是高音喇叭，是警句。紫藤花的清明很含蓄，特别是在豆荚初露之豆蔻年华。

绣球花的清明宛然在抱，将绿玉石一样的花蕾，挤挤密密地攒在一团。

人的清明是理想与实际对照的结果。实际重浊，下沉为土；理想轻盈，上升为云。

落雨是理想与实际的结合，结果就是催生种子生根发芽，开出人间最美的花，结出人间最美的果。

清字带水，清明就由雨水带来了。雨水有时淅淅沥沥，有时急如春潮涌动。有雨声有雷声滚滚由远及近，单听声声雷动像车轮滚动。雷让雨分明，雨让植物分明，植物让人的感觉分明，清明的意思原来是既清且明，充满清朗的生命力。

清明是清者清明者明，清明又可以理解为清是清理之清，水清理的结果是清的上扬，浊的下沉，清理之后，物象的面目本来呈现，让人看得明白，清明是雨水带来的清明。

紫藤

一

因为当家的喜欢紫藤，所以做主的就想办法种紫藤。
又因为好邻居也喜欢紫藤，所以两家的紫藤就共享一
个棚架。

还是春寒，还没有绿叶，好邻居家的紫藤就打花苞了，
那个好看，是文字形容不出来的，透明的灰蓝中冒出
来的红灰，那个美呀，天空都谦虚起来了咧。

我们家的那位咧？它的位置靠东头，"向阳花木早逢
春"，这话一点也不假，我家的紫藤的叶子钻出来要
比它的朋友早得多，丰满厚实，可是没有钻出一个苞。
两年过去，谦虚得不成样子。好邻居说，它是一个伢
子咧！我们种的是一株妹子咧，伢子如何开得出花？

只听得银杏有雄有雌，花蕊有雄有雌，独没听说过紫
藤有雄有雌。好好好，就着它是雄株，正好配那雌株。

真奇怪，这紫藤在天气干燥、水分不足的时候，会在
绿荫下落下一层层金黄，那是一种保护性的落叶，很
有风度不是？

二

紫藤被迫在楼顶上生存，是一种无奈。

楼顶种植是顽固地痴迷和维护家园感的一类人的行为。紫藤是参与了这种游戏，并且代表着藤蔓植物发言的很灵性的一位。

在楼顶有限的棚架于两年之内就被藤蔓布满的情形下，紫藤是这样为其生命的延续做出努力的：它的新藤游丝一样，一根一根四处伸展，当那些游丝一根根竭尽了可能，而没有找到新空间的时候，它们都会做出保护性的牺牲，主动死尖，而枝条的下部会为明日的新枝向前推进做支撑。这种群体努力的结果是，棚架之上形成了它们支出来的结构复杂的拱形棚顶。这种努力持续两年之后，数枝新藤获得成功，它们爬上了一堵墙壁。棚架和墙壁之间有一米的距离，墙上有一根管道为那枝条执着的探索做了支撑。找到了支撑的藤，迅速壮大变为主藤，一架的绿叶都有了新气象，使留神它们的人感到柔弱中的坚毅。

植物的精神与人类的精神本质上是相通的。所以我有理由认为它们是有灵性的、容易沟通的朋友。

紫藤花开的时候，在藤下读书，有一种紫色的香味浸过，书也香，字也香，心思也就有了淡紫的香味。

三

紫藤花喜欢朗朗春天，在微风和煦的时候，它会释放芬芳。

逆光看花，花紫得透明，将开未开的花沉沉地垂着，紫葡萄一样一串串在悠悠地晃。逆光的叶子透明得让人爱怜，那样薄、那么嫩生生的黄绿，阳光满满收藏着，信心百倍的样子。

坐在紫藤架下，陪着这样高贵美丽的花和藤蔓，微风吹落的朝花落在头上、身上、书本上的感觉很妙，有时两朵紫花同时落在我书写时的两手之间，一只金色的比蚂蚁还小的虫子在本子上爬。

写几行字的工夫，它就爬出了本子的范围，那样小、那样金黄、那样从容的小虫子我从来没有看到过。我想，它是紫藤花的客人。

四

阳光下，几头蜂悬空振翅，做沉思状，它在思索什么样的问题咧？

紫藤花架的两头，十年前插活的月季已然长成小树，花枝满满地覆盖了楼顶东西两翼的墙头。紫藤花架下，东看是红月季，西望也是红月季。月季不是别的颜色，它是很亮、很正的玫红，刚好与紫藤的淡雅相配，参差对应，互相赞颂。

坐在紫藤花下，陪着阳光下的花，静观它们欣欣然开放。

时间的每一分每一秒，都给染成花一样的色泽和香味。

阳春三月杏花天，杏花在梦里，紫藤花开在眼前，眼前是明朝的梦。

谷 雨

雨又下起来了，是落谷子咧，谷雨这一天有雨，农事就会好。

雨下起来的时候，最好的事情就是写字，写字的频率如能与雨暗合，那就再好不过了。可惜，字跟不上。好在跟不上，如跟上那还了得！天下人造文写字与仓颉造字相去太远，天可怜见，所以有谷雨，怕写字的人饿饭，怕不写字的人也跟着饿饭。

写字的时候像在布谷，像在插秧，像在种花。人若在三春里不做事，那就对不住鸟，对不住花，对不住人间三月天。
所以，下雨的天应是读书的天，识字的天，写字的天；当然更多人的是布种的天，下力的天。

清代有个文人叫金兰生，他的传世名言有"人心如谷种，满腔都是生意"，我喜欢这句话，喜欢谷种勃勃的生机。其实，凡种都是有勃勃生机的，而生之意还得有条件，温度、土壤，那是基本条件。

好心思如有好的着落，那就有的好看的来。

记忆是个很大的仓库，存放的种子多得不行。什么时候什么土壤下什么种，真的需要一种机制好生管理。处理得当才不会耽误种子的本意。

好农人布谷，好园丁布花种，且让我先选第一种，这种布的不是养眼的花，而是养心又养生的谷种。
把胸怀打叠干净一些，宽敞一些，让种子有个好环境。

不杂，不杂则神聚。
不劳神，不劳神则神旺。
如此，心有余灵。

"字"只是思想的原材料
心智才是神奇的器具

信乐甘草依稀望兴旺

痴 花

天上的云，一抹一抹，有一朵却像鸡冠花一样直了上去。

它那里没有风来吹它吗？

一个种花的人说，我只同种花的人来往，同别的人往来麻烦死人。

在花那里，只要你对花好，花就会对你好。

种花的人说，人总要找点事做，不磨那个空磨子。

看到花和去种这棵花是不一样的。种植可以让你寻思生命生长过程中的种种意味深长，知道这世界上的事情都如同种植活动，本质上是一样的。

金银花

金银花开的时候沛老倌现摘一朵尝，他说：「甜咧，怪不得蜜蜂喜欢。」

我赶紧摘来尝，发现甜味出现是极细的一个点子，接下来是香味和微苦。而且金花有甜，银花淡，难道甜也需要时日酝酿吗？

有两只蜜蜂后腿上挂着两兜米黄色，那是它们装蜜的罐罐吗？

我在等那几只久违了的蜜蜂，邻敏的
说，它们是野蜂。我看它们个子细小，
真希望它们在楼顶做个芳香的巢，如养
小蜜蜂。正这么瞅着，夹的看到更细小
的蜂飞来了。进一步退两步般振翅。

金银花又甜又香催着它们来。

等了好几年了吧！

迷迭香

我家迷迭香已经五岁了，已经长成灌木的样子了。

就草本身而言，迷迭香非常迷人，用手抚它一下，手上满满的芬芳。

每天早晨去楼顶晒太阳时，都要在它跟前停留。蓝紫色的小米花开着，冷绿的叶子在风里悠悠地散发香味，闻着闻着，像是蓝紫的香了，原来香是这样美丽和可以被观看的。

在欧洲，迷迭香被广植于教堂四周，教堂将它视为神圣的贡品，视它为圣母玛利亚的玫瑰。一说，迷迭香的味道是耶稣所赐。迷迭香被赋予许多药效，且有了芳香高贵的气息，它具有了神的力量。

二说，迷迭香的花本来是白色的，在圣母玛利亚带着圣婴耶稣逃往埃及的途中，圣母的外衣被迷迭香钩到，迷迭香的小花瞬间变成天蓝色，以示对圣母的敬意，从此迷迭香的花就变为蓝色的了。

迷迭香的花语是回忆，栽培迷迭香其实是留住回忆。

资料上说迷迭香的花期是"春夏季节"，而我家的迷迭香四季都在开花，只不过十一月为盛。现在枝条横生，皆是不舍得剪的缘故。

迷迭香的花很小，很小，小小的蜜蜂终于来采它的蜜，一点也不马虎，挨着几一朵朵钻一钻，它们住在什么地方？又是怎样知道这灰色的楼群中某一栋楼被绿色覆盖，而且有花的消息的呢？

楼上有好几种鸟的叫声，有转珠连一样的嚯嚯声，有 on、on on，还有嘀，根 段哥几吹雄鸟的声音嘹亮，此佳鸟婉转。

风 信 子

我喜欢这花。

首先喜欢它的芳名，然后慢慢了解它。之所以"慢慢"，是因为我是从花市上买来花球来种，只看到它萌动生发开花的过程；有心将开过后的球安置在背阳处，看它如何变化，但没有成功。此君萌发比其他各株要漂亮，因为它湿度温度刚刚好。满足这种条件的是有东向窗口的盥洗室。

但它长歪了，倾斜之日过长，无法矫正，只能顺其自然。

它的花真是又繁复又整体，团团地开，层层地开，将最外围的花开得饱满舒展，其余则开得像坠子一样，其形状甚为可爱。

花的颜色真是妙哟，是我最喜欢的色彩关系咧，粉红粉绿——花瓣的边沿粉绿，而花蕾上的粉红色带处在每片花瓣的中央。它是渐渐将粉绿移到花瓣的边沿，就像染色一样混染过去的，它的心思真巧啊！

风的信息就可以在风信子花那里看到吧？"信"就是"消息"，风信子开在早春，那它应当是春天的风的信使。风行广阔，能传递风的信息的物事不知有多少，我想，它们大多数都是自然界的先知先觉者吧。

欢迎你啊，风的信使！欢迎你，期待你的色彩，你的独特的芬芳，来染点我们的时光！

花　渡　　　　天地间一草一木皆造化生生之妙　……

紫苏花	紫苏开花很严肃认真。此时它在讲课，讲一片叶子，怎么会被小虫子咬出一个小小的空间。

紫苏花

紫苏开花很严肃认真。此时它在讲课，讲一片叶子，怎么会被小虫子咬出一个小小的空间。

洋葱

洋葱的花好顽皮的样子。洋葱喜欢热闹，开起花也是呼朋引类的。

蟹爪兰

蟹爪兰的名字完全是俗人看它的叶子的长相而取的。

它实属仙人科，开出来旳花很奇异，有仙人科植物的气派。

这一位的特别之处就是从一朵的花心里又长出另一朵来，共一个花蕊，像双飞的仙女，衣裳似丝绸一样光泽放亮，雌蕊像一颗珍珠悬起。

紫娇花

你是有点娇，经不住细雨微风之苦。你是在放你的风筝吗？

冬 瓜 藤

一株冬瓜藤小心翼翼地在月季花架下往上爬着，在毛茸茸的藤上，毛茸茸的叶子下，结一个毛茸茸的、粉绿粉黄的希望。

草丛里有秋虫在唱，不知道它清晨的歌词与夜晚的有什么不同。听不懂秋虫的歌词也无妨，音乐本来就是这样表达的。秋虫的音乐让清早的色调变成银红。

字丢在草丛里了，花和草立马围住它，向它打听外头的事。字忘乎所以，把花园当成了它的家，并且把自己忘记了。

接了太阳，
一天的事情就有了光

爬起来要在清早，六点钟之前，那时你这人就可以接到太阳。

年深日久，日子都会各有其形式。

形式是好的，好的东西放在好的形式里会获得一种庄严感。

早晨接太阳最有形式感。当你的双臂朝东边的太阳伸出，人看到太阳，看到天空，有沁凉的信息从手心进入。我最喜欢这种感觉，新的一天从此时流进你的生活。

与此同时，所有的有生命感的物事也在接太阳。

牵牛最敏感，要不然它不会有"朝颜"这样美丽的别名。

与楼顶数百样植物一同接太阳无比地美好。

我真是一个贪图美好的家伙。

贪图美好的还有许多常住居民，绿色的蜂、寿眉鸟、蜻蜓、瓢虫、蜗牛、变种蚂蚁、蚯蚓、鸽子、小青虫，外加几个老太太老爷子。常住居民各忙各，各搞各，不知他们念不念《太阳经》。

从前，有念《太阳经》的人为我书写她记忆中的《太阳经》。她写，是因为我请她写。她说她没文化，所以写出来的经文有很多的白眼字④，句子要前后联系着去猜。这样子读到乡言俚语的《太阳经》的感觉很新鲜。

那两年，她会在早晨对着东方念经，她说，她为儿子念，儿子在外跑车，有老母为他念经文，至今平平安安。平安即是福。楼顶的常住居民各有各的《太阳经》，这个我相信，不然他们没有这种早起的快乐。

接了太阳，一天的事就有了光。浇水、扫地之后，摘片荷叶，将新摘下的蔬果包起来，下楼做早餐。

今天早晨，我接到太阳……

　　我接到太阳在很多生动的物事之后，最美的物事是云霞，一层一层的云，呈现的形是如此有序，如此生动是语言如何敏感都无法描绘的，

　　眼，看到了令它惊奇的壮观的，立马就到心里，心里的潮瞬间涌动，如同天边的云，云，一天绵。離太阳愈近的云愈安宁，仿佛先受安撫，下屬的雲层底子厚，凝成一块整整的红灰，接到光的云激动非常，它们直立起来，伸出臂膀欢呼……

天际，天卖的有

际吗？

际是一条线，这线一直些末

天地就廓清了……

清　早

一

早，早到天蒙蒙亮的时光叫"清早"。

我特喜欢"清早"这种对时间的表达，因为它有韵味。

它是讲出早的味道的词。清，有颜色，天青，天青如水，所以在"青"字上加三点水。早到天亮一线，天青如水，有色彩还有温度，有凉丝丝的意味。

早，在冬天早晨六点天冒亮，墨墨黑⑤。六点之后，天幕徐徐拉开，白天出台，世界大舞台，各色事物开始一天的表演。

我喜欢"起"，起之前是"醒"。醒之前我不做主，我的身体自己做主，身体自己做主的时候，它们各个部门各司其职，调理护养，非

今日早晨云遮雾盖，太阳从云缝里一 露脸，人看见的是白日头

啊！

啊！

日头照例给云镀上白花花的边，像女孩衣裙上的蕾丝

很多云衣上的蕾丝被 夹色的云层遮住，凡人看不见，但可以想见……

啊！

想要用到目， 还要用心

想 不不思

常之奇妙，一切都在为"醒"做准备。

最先醒的是心，我的心说："醒！"眼就睁开，眼睛睁开是窗户打开，光就从窗口进来，人特别清醒，清醒的感觉之一是精神清爽。

清早在古人那里是怎样写的？

清早可以写成"侵早"，有不知不觉，渐渐侵而入之的感觉。清气统领，时间瑰丽而奇妙。妙哉清气，妙哉清早！

清晨另有一种不为人生进退、得失左右的气魄，胸怀坦荡宽阔，一切都徜徉恣肆。露水来时，秋风瑟瑟，零露瀼瀼，另是一番景象，我很欢喜的景象。

二

须得在六点左右起床的人才会拥有清晨。

天清气朗的时候，六点十分可以在东窗看城市的日出。紫灰的天空中，那轮红日从高楼的夹缝中升起来，六点半钟，日头就升至高楼之上，明晃晃地成了金色，没有了羞涩的红晕。

实在喜欢日出，所以我喜欢早起。无比清新，无比欣喜，会循着那一轮红日一跃而起。

我家有四处地方可看日出：阳台、饭堂、浴室和厨房。

阳台有牵牛、三叶梅和百日红诸植物。太阳升起来的时候，牵牛真的就得到朝颜，热热闹闹地开始生长。

洗脸洗手，清净清爽时最好看朝阳，有东南风送爽，一天就有了清爽。

在厨房的窗台看日出很少。因为六时起床，诸事停当，在主妇入厨时，红日已高照。东向的窗感觉最多的是阳光。

愿天下苍生都拥有一扇东向的窗。

池子里有许多🐟；它们是从哪里拱出来🐟

莲 花 天

莲花天很懂"收放"为何物的样子，让人看懂之后有一种说不好，也不敢说的舒服。

看莲花开，无数次看它开，是指人在莲花开的那天，从清早到傍晚不同的时辰去看它，就像莫奈看日出一样。

清早，你看它，它正在预备，鼓足了精神，一种很内在、很克制的力量。

太阳将喷薄而出，它开了，似乎最为想接到它的那束光。

打开，完全地打开，心思发露；打开真美，如此坦荡荡，如此磊落。

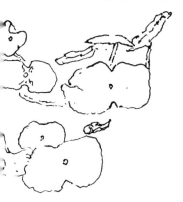

碧色的莲蓬，花蕊颤悠悠。夏日最浓的阳光下，绿色的香气悠悠，那是它的收藏，预备了一个冬天和一个春天的收藏，它把它赠送给莲池的夏天。

莲叶田田，小荷尖尖，水草点点，都晃悠晃悠，这香气中就加入了莲叶、池子的香，夏天就这样被打扮了，被熏得香了起来。

傍晚，莲房晒了一天的日头，花瓣慢慢合拢来，合拢来，像早晨打开前的样子，但是显然更饱满了。

早开晚合，一连几天，花瓣浓酽退出，莲花变得粉白，粉白中有光泽，薄薄的。它的花心中，端坐的绿玉一样的"真人"却显示出一种气派，它已不怕侵害。

早开晚合，莲花努力保护的是它心智的成熟，它总是这样做的。千百年来就这么做的，似乎就等愿意懂得，也有某种能力学会懂得的人。这也是"千年等一回"的意思。

在微雨的天气，莲叶上会有一颗颗珍玉一样的水珠滚动，那是最漂亮不过的样子。没有什么文字能比拟，连"梨花一枝春带雨""大珠小珠落玉盘"都显得俗了去，这也是没得办法。

夏天，莲花天。莲花天，我如何肯错过？

太阳的光照到我的阳台，先到外头的眺台，后到内阳台。花草的枝子和叶子都很光鲜。

这种时候，你知道这一天是新的，有新的芽发了出来，也有昨日的叶落下去。想闻一下新的气味，就要赶快去楼顶或是楼下。

桂花开得正好。

露 重 时 分

白露一来，露水重了。

城里人不谙节气诸事，一般都把珍珠露珠一类的事情忘没了。高楼有植物，有植物就能留住珍珠白露，一草一木均沾老天恩泽，润泽光鲜。

那时我二十多岁，是光鲜静好的岁月，也是在开历寺改成的学校做一群乡村学童的老师的年月。现在想起来，那些日子还沾着露水一样。

露重时分是桂花时分，清晨的露美极了。楼台上的草木、敏感的花木都挂上了天赐的露珠。薰衣草，叶如针，看上去也是晶莹的。触摸一下，细密的水珠裹着香气就滋润了我的双手。每种植物都有自己的香气，虽然不容易被区分，仍然有各自的气味。没有区分的，天也赐予草们各有一苋露水。种田人说"一苋雨水一苋禾"，我好喜欢这个句子，要记了它一辈子去。

露有轻有重。一个人活得重的时候，季节在他那里是很深很深的。很重的日子遇上了露水就像翅膀打湿了，飞也飞不动。所以，骆宾王就要叹气说一句"露重飞难进"了。

自然，一个人日子轻松，露来时分，轻沾雨露，舒适惬意，原来都是心情的轻重使然。

天 清 地 宁

早晨最好做事，事多就选要紧的先来。最要紧的是与太阳一同升起的时光。

清早的时光每一分钟一个样子，每五分钟之间的差别就更分明。深与浅，亮度还有冷暖调性，时光有丰富的表情。

我写这几行字的时候，韭菜比我先在盆土里书写。

韭菜剪一茬长一茬，像剪头发。它被剪过之后再从土里冒出来，最为精彩，人写不出这种精彩。即便如此，我还是写，我想像韭菜一样写。

韭菜东头有朝颜，整整一木架。都说此花殷勤，代表着早晨最羞涩迷人的颜色，像一位新嫁娘掀开盖头。

朝颜真早，六点还差十分呢，它就开了。

看到它的阵容，我不能不改变对它的称谓。此时它适合"喇叭花"这个名字。一木架的喇叭花吹响了喇叭，真是千军万马的阵容，号角齐鸣的势头，而东方的霞光就让这玫红粉白的音乐迎来。

如果有几十种笔、几百种笔同时记录就好了。一支笔不公平，一支笔记录有先后，而懂得迎接太阳的生命的同时，在做一天来最庄严、最幸福、最美的事情。没有先后哟，都在仰望哟。

哎，一起来吧，所有的花和叶。

看 天

今天在楼顶换花盆，一抬头就看到天。

天上的云层一重锁一重，呈蓝灰色的云相挤相叠，挤出一道很亮的色带，光的色带。把头昂得更高，让双眼平视地看天，看着看着就看到了无限，惊心动魄得无极限。

收回眼光，瞧见了屋顶，城市的屋顶也是一路平铺开去，也是无边际，不敢寻思，若有思也应漫无边际。

这楼顶的好处是楼顶上有天，住第一层的人在院子里看天，天并不像从井底望去的几何形的天。因为树木，天就变成了一小块一小块，光斑在树荫闪烁，这是一种好。

晚云着夕阳的红晕，淡淡的红，浅浅的蓝紫，像花也一样着着精致呢……

楼顶上看天，你心里沉淀的东西倏地就会变成有翅膀的种子，徐徐地飞；没有翅膀的种子也会径直自由落体般掉在人的心田里，你要做的是等它们酝酿，等它们生根发芽。

你不知道从那里会长出什么样子的东西，但你知道，其中定然有什么惊喜。静的形状最不可知，惊喜就更好，惊喜是动态的那一动。

楼顶上看天，云卷云舒，鸟雀和鸣。

三叶草开红花

金桃红花苞.

明天,你我看

金絲桃

繡球
老屠尾

紫背

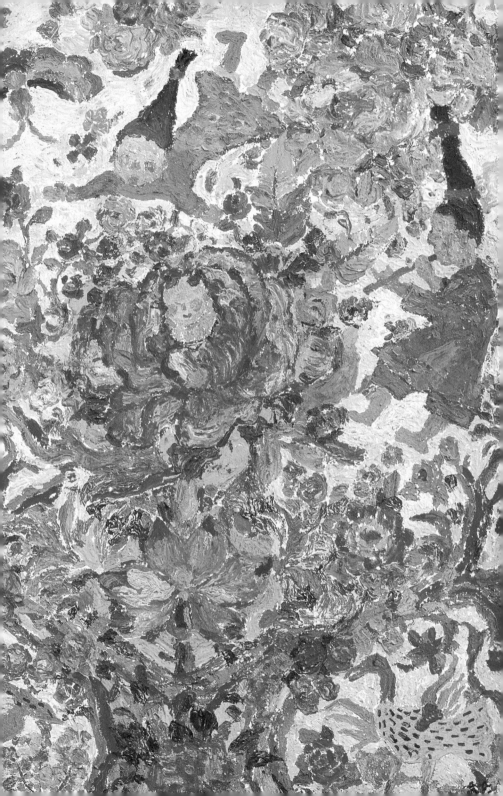

二

无痕有味

根想成为树
这种事

钱锺书有句话谈"无痕有味"："如水中盐，雾中
花，体匿性存，无痕有味。"

其"味"在"体匿性存"四个字上。
体匿性存物事多，有味的是酒、茶之层，更高级
一层是时间、玄想和梦寐。

"味"，随处留心，随处有味。

季节是有味的，因为土地出味，还因为阳光的移
动有味。

光和雨有味，风有味，风把各种味在它行走的时
候带来，它从哪里来就带着哪种味。

感觉往深处走的时候，这时的感受最知"味"。

无限的让有限兴叹，自由自在的令有形的兴叹。
有形态的受限制的是一种美，一种让时间可观可
察的美，否则无形态的美让人无从遐想。"无"
你想一想，是什么样子的美？ "空"你想一想，
是一种什么样的美？

看懂树事

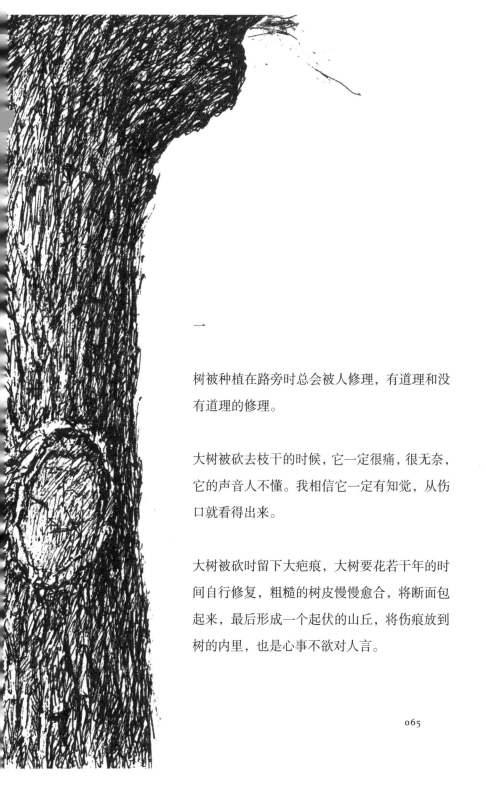

一

树被种植在路旁时总会被人修理，有道理和没有道理的修理。

大树被砍去枝干的时候，它一定很痛，很无奈，它的声音人不懂。我相信它一定有知觉，从伤口就看得出来。

大树被砍时留下大疤痕，大树要花若干年的时间自行修复，粗糙的树皮慢慢愈合，将断面包起来，最后形成一个起伏的山丘，将伤痕放到树的内里，也是心事不欲对人言。

们看大树，像观天体星象，
有无极的感觉ﾍﾍﾍﾍﾍ

只是渾然
不分彼此
一体

二

我喜欢看树,看树特别爱看根。十多年来,园子里的树都可以合抱,树下的靠近根部的地方,土也已经隆起,因为根系已经壮大,地面上可以看到它们运动的趋势。

很美的地方不敢写字了。
一个字也没有的地方有一
寂静的美和空旷之美
的美在。

三

树的叶们窸窸窣窣说着它们的悄悄话。

根呢，你根本听不到它们怎么说话。我不信它们不会说话，只不过是用一种我们不知道的方式说话；不然，它们怎么分布得如此有趣、有理而节制？

四

它落叶的同时，长新叶，春日里独自私语。

…………

这棵树栽下的时候天气已不适合植树，种植它的园丁锯去了树干的大部分，只剩下一个桩子。

十多年过去，它成了右边的模样，那还在努力合拢的伤口就是当年被锯掉的部位。断口已被树皮包裹，你看不出原来伤口的样子。生命如此强盛地成长的能力真是让人震撼……

它，

落叶同时

长新叶

春日里……

五

天上有多少星，地上就有多少人。树冠有多少叶，树蔸下就会有多少根。

每片叶和每条根都是在做分内的事。

人把这些树事看懂了的时候，就明白一件事，什么都在记录，什么都活在当下，也活在历史里。

六

大树像山河大地一样苍茫，人在树下站着会去抚摸它的纹理，好似抚摸时光。人还会不由自主地仰望，仰望由苍老的时间撑开的绿色星空，那个并不完全被我们了解的树的山河岁月，或者全然不懂的树的世界。

自在的被"看到"是看的人看的时候，刚刚好有一种可以与之相通的"自在"在的缘故。相看两不厌"则是物我两一的最高境界。

七

谁说的"人非草木，孰能无情"？谁说草木无情来着？看草木如何收拾他去。

我们看草木，觉得是在看自然的表演。但自然界的东西，动辄以千年计、万年计，原始森林的树木也动辄几百年计，到底谁看谁看得明白呢？

人如何看才会跳出舞台，以观众的角度了解事物呢？

八

自然的原则是从无到有，从有到无。

字果地开
出花来，因为
去年的
白回红
没深坏

鸟语

"鳥（鸟）"字很像鸟的样子，上头的一横
"一"像鸟眼珠，下头的四点"灬"像鸟爪子。

它很喜欢站在顶楼高高的屋顶凸角上，叽里
咕噜地叫。我为什么要说它叫，而不说它是
在做报告呢？它的声音有那么多变化，根本
不是那种叫唤，而像讲述，语言丰富，和人
一样。

它的语言很丰富，它弄出那么多变化来，看得出心情很好。有时候，比如今晨，在老地方，它在叫，声音在胸腔喉头，发出"咕噜咕噜"的调子，好像是犯嘀咕，自言自语的样子。它这么干的时候，准有另一只鸟来会面。也有与我音相和的，声音却更年轻，清脆而不怕场合地从我肩头擦过，翅膀发出"扑"的声响。

我很高兴，这说明它们不怕我。是啰，一个老婆婆有么子好怕呢？反正她搞砣数不清⑥。她搞清了也白搞，两鸟世界的事与两人世界的事搞清过没有？

它们这么唱着它们的"咕噜"调，我老太婆自顾自弄响水管的水浇那些花，此时鸟声让水声。有鸟叫的早晨，所有的植物都有了动静，喝饱水的牵牛花咧开嘴巴吹它的喇叭，如果有办法把它的喇叭声扩大，不知是什么样子，像学堂里的"嗦哆咪哆，咪嗦嗦哆"吗？那可是军号弄出来的哟。

楼上有鸟约会，楼下有牛八哥。"牛八哥"，乡里这样称呼八哥，因为八哥在乡里总是站在牛背上帮牛捉虱子的，它们总是殷勤地站在牛背或是牛屁股上头。铁牛出世，耕牛消失，牛八哥的后代没有什么可以捍卫，它们到处打工，觅它们的生活。

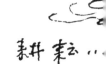

电工房的小林说，他们乡里的鸟一直被当地人捕捉，斑鸠鸟的市价三十元。八哥鸟看不见了，人们在树丛中竖起一张网。被网到的鸟会放肆叫，这一叫，其他的鸟也就来自投罗网。听了很恼很无奈，管事的人要管很难，一头要买，一头要卖，没有良心，良心如何管？

云 文

一朵朵的云飘过来，散了，散了哉！一朵朵的云排着队来了，又飘走了吧！

肯定没有谁招呼它，真有从地面蒸腾的地气迎着它拥抱它的话，它们储着的感动就会落下来，可惜没有。城市没有这宝贵的地气，地气全被水泥封住了，纵有可怜的小小的绿色声嘶力竭地喊，但声音细得它们自己都听不到。可惜了，云，它听不到。

天边的云在傍晚的时候变幻无穷，有时候看上去云是天上的湖光山色和楼阁。然后，有一颗特亮特大的星星在同样的地方出现，我不知道它的名字。

我希望满天星斗中有我父母的星星在天上看着我们。

时　间　的　形　态

我想，时间是有形态的。

下午三点多钟我下楼，开门，关门，下电梯，两三分钟的时间形态，就是我开门，关门，乘电梯的形态。

出门遇到毛毛雨，绵绵密密，清清冷冷地飘，时间借着毛毛雨在我眼中改变了它的形态。

我围着院子疾走起来，兜着一个圈又一个圈，时间也像水纹一样一个圈一个圈泛开来。

雨汽中的树木晶莹发亮，时间又开始晶莹发亮。

地面受雨的浸润，没被水泥覆盖的地方苔青青的，草碧碧的，时间也就青青碧碧如玉石一般的了。

在毛毛雨中散步的人的时间有的是朦胧。

过去的那一刻和远处将来的那一刻都是这种感觉。针尖尖一样冷冷地触着你感觉的，是此刻日常。

我想，时间是有形态的。

下午三点多钟我下楼，开门关门下电梯两参分钟的时间形态就是我开门关门乘电梯的形态。

出门遇到毛毛雨，绵绵密密清清冷冷地飘，时间借着毛毛雨在我眼中改变了它的形态。

我围着院子疾走起来，觉着一个圈又一个圈，时间也像水纹一样一个圈一个圈泛开来。

雨气中的树木晶莹发亮，时间又开始晶莹发亮。

地面受雨的浸润，没被水泥覆盖的地方苔青青的，草碧碧的，时间也就青青碧碧如玉石一般又一般的了。

在毛毛雨中散步的人的时间有的是费蒙眬。过去的那一刻和这些将来的那一刻都是这种感觉。针尖尖一样冷冷地触着了你感觉的是此刻

日常

6:30

7:30

世界有多少事物不为人知?

这一日，一月，一年，若干年里，又有多少花开花落不为人知的事物?

每朵花开，是每种事物的诞生，世间万物每分每秒如花一样绽放，又如花瓣一样飘走。时间是世间万物共享的时光。时光永是流动，事物总是兴亡更替，它们忙着展开，忙着挥洒，却没有时间相互凝望、相互聆听，这是多么可惜!

遥远的，我们不可企及，但幸有遥望；近处的，我们不懂得珍惜。不珍惜的时候，那美好物事已开过；那迎面而来的擦肩而过；那朝夕相处的，你视而不见。

人的可怜在于感知能力越来越差，不知道处世精明之时，炽风已将精明之外的诗情和浪漫连同它们的色彩气味一并吹散了。

速
写

我不知道怎样描绘我拿着这支笔画速写时的情形。

五一节，是城里人到处走的大好时光。特别是久雨后遇到天晴气朗的日子。春天真是好，雨真是好，春天里城里的灰少一些，车辆少的地方还可以闻到空气中植物的气息，城里人忙着去郊外，去不了郊外就去公园。

我和沛老倌去爬岳麓山。
我们去得很早，我立在人少处赶紧画了这幅速写。

画了这条小路，像做梦一样。

每一个凹凸记录了一年的时光

我喜欢仙人科植物是从种植了这株仙人鞭开始。

我买回它那年，它只是尺来高。八年过去了吧，它就在靠近北阳台的好时光一点点存在它的小鞭子里。

推拉门的这个重要位置生长，每一个凹凸记录了一年的时光，我们的好时光一点点存在它的小鞭子里。

我的画架和书桌面对面，无论我做什么事，写字或是涂涂画画，我都和它照面。那么多小鞭子在策⑦你……你还不去做事！

仙人鞭

我喜欢仙人科植物是
种植了这仙人鞭开始，我是画它
那年，它是只束高，八年过去了吧！它
我在靠厅落地窗那扇门这午童多往里生长
每一个凹凸记录了一年的时光，
我们悄悄地时光一点点有在它的小鞭子里。
我的画架和书桌面对面，无论我做什么事，写字我是
涂涂工多鱼哟，我都和它照面。那么多小鞭子在等你，
你还不去做事?!

万
物
自
得

三伏天来了台风少爷，热情如火的三伏被他掳了去。结果三伏掉眼泪了，搞不清是喜还是愁。

三伏嫁了，天就渐凉，叶子知秋不独梧桐。

三伏天的闺房可不空，来了五月里的客人：栀子花、忘忧草、凌霄花，还有一株金银花。啧啧，它们模仿起五月来，全部开出花来。

这是城南新鲜事，还是城南旧事？

也不是凡栀子花都有兴致开花，我家的五六株中，只有两株有此兴头。

朱顶红，有一株朱色，三株粉红的开着。其余二十余株就不肯浪漫，保持学者的深度沉默：模仿春天，春天是可以模仿得了的吗？

凌霄花开最多，大把开花，大把挥霍着它的热情，落下剩余的花，像放鞭炮一样，一地红。楼顶如此浪漫，真是天知地知，花知我知。我知花知，花知知我，我真是一个有福的人。万物自得是天赐的福分，是不是这个样子呢？

这绿色山
走廊已看不出
是一个楼顶
的白走廊,人花
了十多年时间
植物们花了同样多
的时间创作的作品。

被 风 吹 落 的 时 光

风来了，我的文字让它吹到了笔记本这纸墙的边沿。

思考过的文字究竟活泼泼，风过雨过，落下来堆放一处也还是一堆花絮。如果，它什么也不是，只是一分一秒做了时间的标本，那堆在这角落的便是我的小小时光。美丽的、安静的点点时光。

我伸手去捉我的时光，可是它被风一吹，又一吹，吹得四路里乱跑，厨房里一堆，柜子里一堆，案头一堆，七七八八，所以，归拢来就是七七八八。

风不可能总是刮，那长在枝头和那些孕育着的文字总会有漂亮的时候。

我等你哟，好可爱的你！

时光一点又一点，像太阳的光斑，从生命的绿荫中照过来，无比晶莹，无比美丽；时光如雨点，一滴一滴掉下来，掉在生命的叶片上，生命的叶光洁可鉴，生命的肌理充盈丰沛。

时光和煦，生命美满。风啊，请你轻轻，轻轻地吹……

风莉，我的好
让它吹到这
纸墙的边沿。
因为思想过
的好字究竟
活泼泼，风
过雨过，路不
来堆放处
也还是一堆
花絮。如果
它什么也不
是一分一秒
做的时间的
标车，那堆
在这角落的
便是我的小
小的时光。
美丽的，安
静的焦点
时光。

"某写字时甚敬，非是字好，只此是学。"
识写字为道德修为神。敬是指精神
状态最高状态。

西方为艺术而艺术""中国人的"游艺"
这两个传统都要求艺术和人最后融
为一体. 不同的是前者以艺术为车体
人则融入艺术之中；进于艺的还是人，
艺术要靠人光大。人能弘道的精神。
艺的意义：六艺，权树指礼乐.射
御书为大艺。"如鱼在水，忘其为水，
斯有游泳饮口之东。"

我伸手去捉我的时光,可是它被风一吹又一吹,

吹得到处乱跑,厨房里
风不可能是一堆橱
到,那长在枝柜里一摆
头和那些乃着桌一堆
着的汝安就会均匀,
有漂亮的时七七八八
候。所以
我对你的 打扰
好可爱的你! 来就
是七七
时光一点八八。
又一点像太阳
的光斑,从生命
的绿阴中照来
无比的晶莹,无比

美丽。时光如雨
点,一滴一滴掉
下来,掉在生命的叶
尖上,生命的叶光洁
可鉴,生命的肌制
充盈丰沛。
时光和煦,
生命美满。

风呀,请你轻轻
轻轻地吹……

燕子刻我的字,一粒粒一颗颗的,这粒粒与颗颗
摆在一起并没有什么别的意思,纯粹是好玩。
纯粹好玩的字,也有它的形式感　有抽象意味,我
很喜欢,它们令我想起两三岁时画的字,无书
一样……　我想学,想拥有纯粹书
字的快乐。

文字碰碰香

我问你，有没有种过一棵草？

我问你，有没有用心欣赏过一根草？

我问你，有没有心思描画过一株草？

我问你，有没有耽误过那株你种过，但没有认真瞧过，认真瞧了却没有描画过，没有为它做一点什么的草？

我问你，你有没有种过文字？有没有一种文字也是碰碰香？

我问你，有没有
种过一棵草？

我问你，有没有
用心欣赏过一根
草？

我问你，有没有
心思描画过一株
草？

我问你，有没有
耽误过那株你
种过，但没有认
真瞧过，认真瞧
了却没有描画、
没有为它做一点
什么的草？

我问你，你有
没有种过文字？
有没有一种文字'
也是碰碰香？

草 虫

我楼顶上种有红薯。七月，其叶蓁蓁。五月，蚱蜢弹腿的时候，红薯叶子还少，所见蚱蜢亦细小。及红薯叶茂，蚱蜢会在翻动薯叶时闪出，那东西就不是什么小可怜，而是一个大大的惊叹号，而红薯叶已让它们啃出许多圆洞了。

楼顶七月之好，不在蚱蜢而在蟋蟀。蟋蟀鸣叫，秋天就来了，天气也凉了。走在东，听得虫鸣在西。往西，却分明觉得虫鸣在南。走南，而虫鸣在北。都说戏虫有趣，不知人被虫戏也是有趣。秋天的意味在蟋蟀声中渐浓渐厚。

一日入夜，忽闻室内有蟋蟀振翅声，仔细听来，竟然在主卧卫生间，开灯寻觅，总也寻它不着，关灯又开始鸣叫。

《豳风·七月》言，七月在野：七月蟋蟀野地鸣；八月在宇：八月屋檐底下唱；九月在户：九月跳进房门槛；十月蟋蟀入我床下：十月到我床下藏。不禁莞尔。

一连几日听到蟋蟀鸣叫，却不知道它如何从楼顶跃入我户，入我室内的。飞来的吗？

腹不饥，口不渴吗？要捉来放走吗？由它去吗？

城市高楼在夜色四合的秋夜，有一种魔幻的意味，那远处夜色浓重的地方也有蟋蟀的鸣叫吗？

有心的恐怕不只是动物
有♡形的恐怕不只是
此物……

**观
看**

早晨有很多层次，颜色的层次，冷暖的层次，人事物事的层次。

人在冬日，颜色重，黑白分明。因为冬天是删繁就简的冬天。

一块黑颜色摇过来。

沛老倌说，童爹去拿报纸了。童爹每日早晨必会此时出来，出来笔直地去拿他的报纸。他是报纸最不能离手的人，这样的姿态取报已被人观看了十年有四。

拿着拿着，人就缩小了尺寸，威威武武的一个人就变成磨磨蹭蹭的了。不变的是笑容，他总是很客气地笑着，和人打个招呼，皱纹又把笑容掩盖了。

我们如此观看童爹的时候，童爹同时观看我们——这两个拖车去买蔬菜的人。观看和被观看，感觉是两样的。前者观看事物，审视事物的变化，而不知被观看的效果，主体总是自以为是，不知道观看和被观看本质上是一种事物的两个方面。

观看事物变化，是观看时光如何塑造。人看多了，不免心中酸楚，怪不得黄永玉说他老到如今，只剩悲悯。

在时间面前，人总是无暇自悲的吧？

生
活

生活是什么呢？生活就是这石头，这石头中流的水啊。

生活的是什么呢？生活的就是这满山的树木，看得见的在上，看不见的在下。在上的被重视，而在下的只有树自己看重。

水流着，树活着，石头活着，大山活着。水活在石头里，树活在山里，一切都有记忆，一切都活在历史里。

一分一秒的时间，在时钟里只是嘀嗒的一个声响，但在那"嘀嗒"中想起了五十年前某个可爱的时间，这一秒钟就有了长度。

五十年前，我坐在庆云山下一间极其简陋的教室里，我的语文老师在讲评学生的文章，他手里拿着我的作文本。我记得我作文本的红批；记得许许多多堂课；记得老师怎样进来，怎样开讲；记得谁谁小声插嘴，自己在何时也插过嘴。

记得课文的开头，当时背诵过的，现在仍然还背得，并且对课文中当初并不明白，只是喜欢而记下来的文句了然于心。

再背诵时，时间中的时间就有了酒药子®的味道。哎，我可爱的少年时光，离我那么遥远，那种时光中的物事，所有的光影，都那样真真切切。此物听此物，彼事连彼事，一来俱来，一往俱往。

一分一秒的时间，风吹过，它就是一口风；雨来过，它就是那一滴雨。可是它吹到记忆，落到旧穴，那它就不是一口风一滴雨了，它就变成历史了，不可能那样轻盈，那样细小。哎，我的时光，可爱的分分秒秒们！

沛老倌走过来问一句什么什么，我对他挥挥手，不想他进入这种时间。他悻悻然去厨房，半刻拿来一个削好的苹果，自己在啃一个梨。

"你吃苹果，苹果好些。"他说"好些"，是讲"意思好些"：梨子是不能切开分吃的。他这样认真老派，我也就认真享受苹果的平安恬适，这是此时此刻……

石头很得意，山坡很得意，树，也很得意。原来所谓得意是懂得了造物美意。

只记花开不记年

花开的感觉是内心安静恬适的感觉，一种空气清新振动的感觉，是被微风吹拂的感觉，是泉水浸出地表的感觉，是女人初妊的感觉。

这种感觉只有在体验的某时某刻会到来，就像圣灵的到来一般，一年又一年，花开了又开。春风的河岸草地绿了又绿，年就藏到了花木的内里、人的内里，不用你去记。

时光已经录下，要读时光，你就去数星星，数你白了的头发，数尽你之所见也数不过来。

一片叶子是一种时光，一个人是一种时光，一幢建筑是一种时光，一块石头是一种时光，一句话是一种时光，一个标点也是一种时光。

我们珍惜时光，过往的、眼目下的时光，有形态的或是没有形态的时光，有颜色的和没颜色的时光，有气息的和淡然无味觉的时光。

可爱的、可恼的时光，它们携手而来，或者相追相逐而来。不管你乐意不乐意，它们会在雨的空隙中、风的一呼一吸之中向你扑来。你拥抱也好，不拥抱也好，它们是不在意的，反正它们全要拥抱你。

你记得了花开，就记得了年，记得了岁月，所有的一切，最为真实的一切，记录在兹。

希望拥有记录的人们珍惜，希望他们有心思看记录的字里行间，看记录的里里外外的信息，看一看这庐山的真面目。

三

一蔸雨水一蔸禾

到底是什么样的雨水
什么样的稻禾呢

这是句种田人都晓得的俗话。

我在同花木打交道时总会想起来。

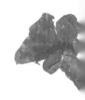

生命现象千姿百态，有不可以穷尽的秘密藏在我们不知道的某个地方。

人有缘和生活中的生命现象相遇，大都是擦肩而过，没有收获，这很是可惜。

从石头缝子里长出的蒲公英很消瘦，但它照样扬花；小而精致的碗莲移栽在池子里，竟使它恢复原始的记忆；原是一盒土里的文竹移至楼顶，居然一蹿冲天，将自己长成了一片云的模样。

"一兜雨水一兜禾"。

到底是什么样的雨水？什么样的稻禾呢？

绿雨

一

听爬墙虎的藤蔓"下雨"是件很有新意的事，晚春天气，夏季来临之前，爬墙虎藤上的花籽大批爆裂掉。那些米粒大小的籽籽的外壳，落在高低错落的花木丛中，沙沙沙的声音响成一片。

在花棚下读着书，初次听到这声音误以为雨。此时看天，天蓝；看地，沿阶的地面一层粉绿，不时有粉绿色的雨点从身旁的花叶上蹦到人身上，若是打在手背和脸上，像被雪籽籽打到，细密如豆丁的鼓点。

这是一种惊喜。

二

"你知道我喜欢迷迭香，知道我喜欢薰衣草，可你欺侮了它们，你不可以这样。你知道我很喜欢你，连同你的美名和香气，但你不能那么霸道。"我对爬墙虎说。

"可是，我也拿我自己没办法呀！"

雨水是太多了。每天都有雨来。在雨的空隙中看天上的云，天上的云镶着金边。

有时雨是一沱沱地跌下来。灰色的水泥路接住它却不留它，它们流去到沟里。

雨天里适合读书，适合写字。字也学了雨的样子，一沱沱的来，这本子就接住了它留不留得住，哪要看，哪的明天你会有转请它们去养你种的几蔸禾。一蔸雨水养一蔸禾，这是老话。

雨天里好多话头。

雨天里撑一把伞散步，就在楼脚下走走圈子，听雨们的议论。被它们议论的东西一多半是它们碰到的东西。不知道它们会怎样批判。

雨天，蚊子会钻进屋子里来躲雨。这一位扒在本子上，被做成一个不怎么样的标本。不过，看起来像一个文字。并不情愿写的字，真是对不起。因为人不胜叮咬之苦。尤其是我孙子，他因此多次要求买花露水了。

（注：花露水用来涂被蚊叮的地方有效，是很老的办法）

四 月 廿 五 ， 农 历 三 月 十 二

梅雨天来了霉，最娇贵的月季最来霉，霉坏了外面几层花瓣，里面的花瓣凭它如何用力，也还是打不开，干脆掰掉那外面几层，一刹那，里面的花瓣"嘣"地开啦！

金银花喜欢齐伴，它不兴一朵一朵地开，它一开就是一树一树地开，开它一个酣畅淋漓！

可怜的欧洲牵牛根本不适应长沙这种天气，长了一世，才长出几片叶子，好不容易挨到天晴，连忙抽出藤来，那藤小得可怜，它如何进一步开花？

虎耳草种在很肥实的土里，叶子就不像虎耳，倒像瓜叶。可它开出的小白花怎么就这么小，这么奇怪？

池子的黑豆鼓

它们喜欢成团，喜欢一起用嘴巴吸吮池子的边沿，好像吸奶一样。

文竹也是奇了怪了，它不按竹子的样子去长，却不断抽出藤来，像藤蔓植物一样缠着铁栏杆往上爬，长得毛茸茸。

最好玩的是癞蛤蟆的儿子们，它们成百上千只孵出来，在西头的池子里游。

它们喜欢成团，喜欢一起用嘴巴吸吮池子的边沿，好像吸奶一样。

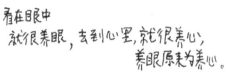

看在眼中
就很养眼，走到心里，就很养心，
养眼原来为养心。

粉彩盘盛着的夏天

我家有石榴，红得人见人爱我却不肯摘。

起初，石榴是流落到楼顶来的弃物，无人肯管，每年都有病，发病时通枝发白，吓人，更无人理会。我见着时，开始是兼管，给它治病，居然救活，使它得以不死。后来它被移到花坛东头，越长越好，花越开越多，果实越来越红——不是普通红，而是樱红，漂亮极了。

石榴"本出涂林安石国，汉张骞使西域得其种以归，故名安石榴"，我家石榴花重瓣花红，应当是红花石榴。入秋后，果实沉甸甸地挂在枝头，而花却还在开，所以我叫它花石榴理由充分。

裂开的石榴让人吃惊地露出红宝石一样的籽，掰开来吃，汁水甜美，色泽美艳极了。

盛夏的颜色全体去到石榴那里了，我将石榴摘来四颗放在粉彩盘里，只有它能盛得住这一团团火热的浆果，托得住盛夏的火辣。盛夏在粉彩几百年老练的温润中全无火气，只呈现它的瑰丽。

哎，我爱你们！

懂人心思的桂花树

一

桂花开了，十几米外就闻到香，你就会在桂香路上一路来，一路去，流连不已。约二十来天落花成阵，水泥路忽地成了桂花路。又过多日桂花谢了，这才后悔没有日日来访。

一场雨过，天气又好了，一天发现桂花树新枝朝上，蹿过七八寸长，而老枝上桂花又开成阵了，心中不免惊奇不已，桂花以往也是这般开法的吗？翻查花典，只说它九至十月开花，也没有描述过它如何开。它是为我开的吗？

二

桂花又名木樨，我是读契诃夫的小说读到的。书中女主角出场就伴有木樨香，很美，闻香识美人嘛。中国人喜欢桂花，喜欢它的香气，喜欢"桂"的谐音"贵"。民间艺术作品中这花一现，那就来喜气，是喜气洋洋的符号。

女孩生在八月，那好，直接把桂字拿过来，于是周边就有了许多名叫桂娥、桂华、桂香的，香成一片……

三

桂花树栽在什么地方，会让那些地方有种种不同的好处。栽在名园，显得雍容华贵；栽在村舍，野逸里有安闲；栽坡地就成林；作行道树，就有桂花路；植古井旁，长沙就有桂花井；落入井中，井水就可以醉人，称作桂花茶、桂花酒，醉人一秋。

我们院内植有桂花。南栋南侧一行行路树全是桂花；北栋院子当中两株银桂，径尺许；北栋南北两单元门口各植两株也是银桂，是沛先生 * 督植的。造园之时已过十年，树木全都葱茏，十年的时间都储存在这一园的树木之中，时间因此有了一种植物的清香。

桂花的香气在这清香中穿行，给人以满满的抚慰。

* 作者对老伴的称呼之一。

芫
荽

芫荽 香菜乎，臭菜乎？

←花繁白异

籽

叶

一

芫荽，长沙方言音"言稀"，普通话音"言虽"，友人说，它是由西域传入的一种植物，已有两千年的历史了。

芫荽，写这两个字时，笔端就有特殊香气流溢。在《诗经》里，它是香草。

由香草变为香料的植物很多，但多是配料，如八角、孜然、茴香、胡椒、香树叶、桂皮一类。同时可以做菜吃的，芫荽属第一。

茴香青嫩时也用来切细拌肉泥做馅，包饺子吃，是北方人爱的，不知单独吃时味道怎样。茴香，我是种过的，友人给的籽，长得很茂盛时，曾按北方人的样子包了一回饺子吃，味道不错。怎么就没想到凉拌试试味咧？

而芫荽，洗干净，拌辣椒吃，味道生猛。

二

芫荽，在中土、南北都种，北方天气和土壤性质同南方是个对比关系，芫荽在北方长得苗壮株高，像北方人。

芫荽在南方细小得只有北方芫荽的二分之一大，栽在我楼上的就只有北方芫荽的三分之一，还要更柔弱。小是小，细是细，但香气要把北方芫荽比下去，味道的浓也要气杀北方芫荽，那有么子办法，参差对照关系凭谁都逃不脱，一种劣势后面总是站有一种优势在那里。

三

我楼上的芫荽长得总是稀稀拉拉，实在是毕恭毕敬地播种，小心翼翼地栽培。第一年说是耽误了农时，第二年按时种，还是不旺。以为与此君无缘，及至见顾村小文，才知道《灵物志》中有关议论，觉得不可思议，那原文说"唐人赏牡丹后，夜闻花有叹息声，又胡麻必夫妇同种方茂盛，下芫荽种，须说秽语"云云。噫呀，不好懂，却好玩。

于是，第三年，骂骂咧咧种了下去。果然，芫荽密得多了。不过拿它去比市场上买的就比不得，但吃起来比较放心，对吧？也许是秽话不够档次的缘故。不知古人那时期怎么讲秽话。

如果本院不下令禁种菜，楼上的人会把菜种得漂漂亮亮；芫荽的实践还继续下去的话，这文章会是另一种样子。这正是芫荽有意，禁令无情。

要做的就是安安静静双手合十。

夏日的夜晚去楼顶看星星，从初一看到十五，再从十五看到初一，会有什么样的感受？

红苋菜

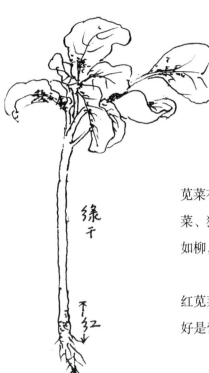

绿干

不红

苋菜有几个品种，红苋菜、绿苋菜、柳叶苋菜、猪婆苋菜。红苋红，绿苋绿，柳叶苋叶如柳，猪婆苋专供猪吃。

红苋菜是最好。一好是形，二好是色泽，三好是营养，四好是滋味。

红苋菜中，最可人的是形高挑，叶子绿中有红，而不是以红为主的红中有绿的那种。红色占的比例很适当，很特别。适当是说猛然一看是绿色为主，红色是从绿中透出来，让人感到有分寸的适当。原来，红在叶背，而且是一种洋红色，带紫味的红，叶面全绿，但是许可红色透出叶面。

根荄上的红更是可爱，是嫩生生的黄绿色一

笔混过来的红，带暖味的红。接下来一秆冲天是黄绿，抽枝亦黄绿，叶子长开却兀地红紫起来，漂亮无比。

红苋菜作为夏天的菜真是好极了，用猪油或植物油煮都好，不过猪油用来使菜更柔软。

煮苋菜要放大蒜瓣，不知是何道理，反正传统就是这种做法，吃惯了这种口味，没有蒜还真的不对味。苋菜吃来味道是从前好，从前种菜用的肥料是生物肥，现在⋯⋯

芋 头

我喜欢芋头。

烤熟了的芋头，热乎乎、软乎乎地握在手里，就舍不得剥食，仔细看它的形、它的色和它的纹理，唉，都是我喜欢的。

因为喜欢芋头，又没有条件栽芋头，所以见到芋科的植物就请它去楼顶凌霄花棚下过日子。花棚下，比较阴，它也不嫌弃，把株苗长得个遮天盖地地庞大。看它撒野像看到芋头在乡间撒野。

乡间，芋头傍水而栽，所以个个毛茸茸的长出水纹的样子；又喜欢长在山坎边边，不占正地，贴近山丘，所以毛茸茸的纹理看起来又像极了山丘。它真是有灵性的吧？它也是有记性的吧？不然为什么它就能长出山和水的形状，并长出它们的色彩来了咧？

芋头都是极好的东西。马铃薯是好东西吧，人们把它扯进了芋头这一块，把它称作"洋芋头"，怎么着还是爱我们的土芋头。

芋头怎么就有这个名字，我不晓得，但因它的谐音"熨头"，我们家过年，年年都要在饭桌上摆上一盆芋头，表示一年和顺的开始，和熨和熨嘛，这头一天有它，一年到头就和暖熨帖。从来如此，从祖父的祖父、外婆的外婆那里一路传过来。

芋头是可以作粮来用的。米不足，瓜菜代，芋头既是饭又是菜，农家是相当珍惜的。芋头真是又香又糯的，日子因此又香又糯。不是吗？

大蒜横切成这个样子
像一部小书。

红辣椒 青辣椒
横断面很好看
放在一起用,色彩刺激
味口。

大蒜根洗净凉拌
味道好,

青
菜
头

青菜头烧出好味道的经验，来自家娘*做的
青菜头炒肉片。

家娘在世时很喜欢这种吃法，因为是荤菜，
喜欢并不能常有，所以印象很深。印象很深
的原因还有一个，那就是人还没上桌，菜就
让欠吃的小崽子们吃去大半。

我在厨房总听到家娘在饭桌上惊呼："该生
（湖南人忌言死，所以用'生'字代替）的
崽子，你娘还冇上桌呀！"惊呼的声音里并
没有责备，只是通报"进口"的速度，菜
吃完了只是与小崽子们交涉。

几十年过去，只因青菜头没消失，我家娘的
声音就不能消失。

*丈夫的母亲，南方方言

136

我平素不随便调动我的记忆，怕收它不住，因为它们总是串联成一气，不强行打止就会"不知南北，不计东西"，是忘忧草和颓然草的品行两两相乘。我愿收藏好的东西，那些个灰灰的、黯淡的只作为对比关系而存在。

好东西假以时日，好就生好。

世界环境受到严重污染的今日，人若可能，最好发散一点类似植物的清新气息，哪怕是青菜们的气息也是很好的。

今天描画的青菜头是在一位仍有种植能力且保持一定传统种植方法的菜贩子那里买到的。青菜头十多年没尝出好味，今天算是找到了。

十多年不曾下厨的细满帮忙择菜，她居然忘了如何削青菜头。我总奇怪，从前她做这种事蛮在行，这会儿怎么把个嫩绿嫩绿的东西削成个木桩子了？

仔细一看，原来她搞倒了，而且方法都忘光光了。于是给她示范，她"啊"了一声恍然大悟。

青菜头要好猪肉或好猪油来炒，不能炒太死，要炒得活而嫩生，油与火候都要讲究，配以葱花，才可以找到我家娘做出来的那种好味道。

我家娘做菜喜欢在万事俱备时刮她的东风。做菜做出"好吃"，关键词即是"借东风"，东风可以解释为"欢喜风"。有春天的气息，人做的菜才会荡漾春天的美气，这一点天下厨娘总是能省得的。

另外，青菜头的皮去筋切丝或切片，用盐渍半个钟头，佐以蒜叶和干红辣椒，其味好过榨菜头。新鲜榨菜头子味道苦，青菜头皮子没苦味。

细满虽然不能说不能听，但会寻事做，我擦地板，她就寻抹布，东抹抹西抹抹，好过没抹。我将青菜皮切丝，摆在案板上示意，她也明白。

现在听到砧板响，那是她接着帮我在切菜，而我的这点点零碎时间就落在此间成了零零碎碎的字，用来记录我们相处的时光。

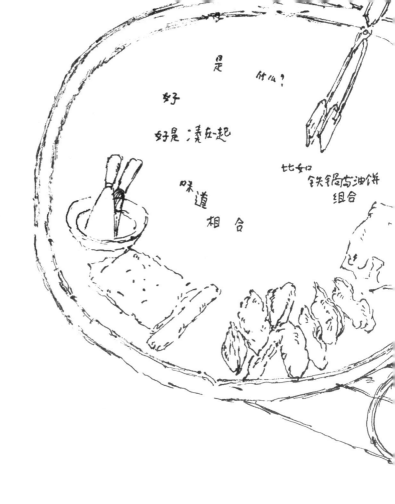

是 什么?

好

好是：凑在一起

味道

相合

比如

铁锅与油饼

组合

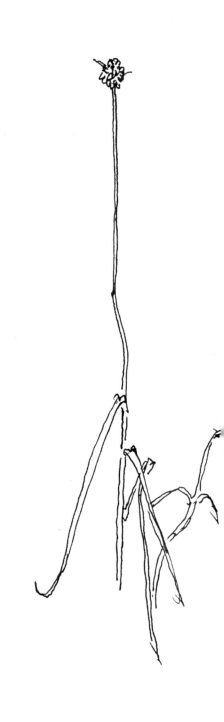

上 楼 看 胡 葱 子 去

胡葱，经过三月的风，四月的雨，如此这般地安排了它的花，结出了桑葚一样的籽，它的果和籽是不是有桑葚的甜？或者如同胡葱本身的味道？我很想知道，但君子，我舍不得搞它，但有一个果是被与我同样好奇的人摘了去。

胡葱是沛老倌从野地弄来当花栽的，它知道它本来是什么，不在意人怎么看它。

胡葱煎蛋很好吃，但长在我这里我可舍不得扯来煎蛋。我喜欢看它结籽。

箬笠壳子 ⑨

一

斗笠，箬竹的篾和叶子编成的遮雨的帽子。

居太湖的时候，逢插田的时候就要用到它。

和它匹配的蓑衣，是棕衣子编成的，很厚很重，雨打湿了更重，我穿不惯。

蓑衣箬笠，太湖农人都是这么讲的，不常将箬笠称斗笠，而且喜欢说"戴着那只箬笠壳子"，插田时节，麻风细雨，蓑衣箬笠最合适。

斗笠叫作箬笠，我一直觉得是很乡土的称呼，却从来没有想去知道底细。原来，古来就有，字典里也有记载，是古音吧，几多有味！苏东坡就说："仰看云天真箬笠，旋收江海入蓑衣。"古得很嘛。

二

有了塑料，插田的人都改穿塑料雨衣，又轻松又方便，蓑衣就没有人穿了。箬笠壳子还是一直有人戴，它透气，不重。早些年，我看有艺术家还戴着它满四路里跑，有江湖浪人气。

戴箬笠壳子插田，当年只知道清苦味，不知道它只能跟特定的年月、特定的环境相配，岁月流速如此之快，蓑衣箬笠的日子随风飘去，这才让人明白那是一份独一无二的美，身处图画之中的美。为什么当时只道是寻常，人太年轻，二十刚出头的人的感觉是地久天长的感觉，不知道失落的意味。

麻
风
细
雨
天

"迷蒙的雨，飘来了。

在江上斜支起纱帐……"

十五岁的女孩，听文学老师上课念这种句子，身心都被"迷蒙"两个字罩着了。

迷蒙的雨是南边的雨，就是麻风细雨。

我的麻风细雨天，真是着了清丽色彩的青春年月的天。我的春天，是有山水色来相伴的。山桃花正红，梨花正白，很分明，很明丽的，人也是。

十五岁的人看雨，雨也年少，不懂得。

雨
来

睡在被窝里，迷迷糊糊听到有人在敲键盘的声音。睁开眼，四处很安静，不是键盘却是雨敲玻璃，敲得很匀，很有趣，与键盘被敲的声音一样一样。

雨水在玻璃上打出满版的雨文，像打在白色纸张上灰灰的文字。它在写什么咧？是写初冬的事，还是秋天的事？天上的事，还是地面的事？

雨来，是旧雨吧。老来的人听旧雨，满脑子都是过去的画面，说它们是画面，是因为旧事已逝？

大雨哗地落出很大的阵势。

雷声在东，谓春雷。春风，亦谓东风，都在东。

一只鸡、一只兔和一只猫

一

这位是一只自由鸡。

说"自由",也是有限地在楼顶自由行动,这只鸡自己觅食,自由栖居。

它常遇到我,我看它小心翼翼对我充满警惕的样子,总会想,它的这种对人强烈的不信任该是多少代鸡、多少只鸡经历的遗传啊!所以我装作什么也没看见,我们各行其是。

我经常,应当说每天要做的事是去给楼顶的一些居民喂食,当然花草虫鱼包括在内,还有另外两位:一只自由兔和一只自由猫。它们不能只靠啃花草度日,那样的话,花园就不会是一个花园了,不能。

二

我每天早晨给它们喂食从菜市场弄来的菜和鱼杂碎，上得楼来扯着嗓子喊的第一声是"兔——子！"白光一闪，兔子就从绿荫里闪出来了。猫慢慢儿出现，它是不用喊的，老早就候在门口了，你一出现，它就跟在脚后跟"妙"起来了。鸡呢？鸡也不用操心，它躲在大南洋蕨中伸出半个身子在偷窥。我偏过头去看它，发现它用同样的方式偏着头看我，一愣一愣的。我疑心这么看下去，有一天它会讲话。

三

米有一小堆，兔爷吃的花样那么多，凭什么鸡不能像兔子一样吃喝？当然不能，它受的教养比兔子多，而且原始记忆比兔子多。最关键是记住了人很坏，是鸡们的天敌。

兔子缺心眼，它怎么可以那么相信人，每天跟着老太婆转悠？居然在那老婆子做操时偎到她分开的脚中间去！糊涂！

四

鸡很聪明，它有耐性等老婆婆下楼去后再拢来进餐，把自己养得肥肥的，一天一枚蛋，生在老窝里。既然它是一只自由鸡了，为什么还是认老窝？

老窝是最初我为它在芋科植物靠墙根的干爽地方用干草树叶垫的一个松软的窝，上面放着一只真鸡蛋，用来做引窝蛋。鸡每天在那里生蛋，一直生到初夏。我可是几十年没有吃过这么新鲜的鸡蛋了，真好味呀！

它一圈又一圈围着我转圈了撒欢，又从跨下穿梭，然后伏在脚下小憩，样子可爱之至。

五

捡鸡蛋最开心，我家小玖粒来时，我会领他一同去体验，小家伙开心啊，开心得把引窝蛋也抓在手里弄碎了。怎么办？老太婆小气呀，她竟用沙子作填充物做了一只甸重的、拍实的假蛋放在窝里了。鸡可不蠢，也许是质感不对，也许是温度不对，假蛋被识破了，鸡生气啄烂了它，沙子撒出窝外。它不再在窝里生蛋了，它不准备给老太婆改正错误的机会，它消失了。我家小小子对他的朋友说，我们的鸡被人吃掉了。他的朋友却说，我们家没吃鸡，不关我家的事！

六

夏天过去了。

鸡出现了，刮瘦⑩的，不知从哪个角落里拱⑪出来了。王娭馳说，哈，它是在"赖抱"咧！"赖抱"是本地人讲鸡要孵蛋时的现象，在此期间鸡一心一意孵它的蛋，若要它醒过来，必须用一根稻草穿透它的鼻孔。这只鸡没人去弄醒它一心做母亲的好梦，它把它那些没有恋爱经历而生下的蛋生到了人找不到的地方去孵，可惜了。蛋没有鸡爸爸的爱变不成鸡宝宝的啦，要不，楼顶就有一群小鸡到处撒欢了……

七

故事嘛，还可以讲兔爷如何直立起来直接吃各种植物的叶子；鸡如何肆无忌惮地啄食叶子、种子和虫子；猫如何一门心思想抓池子里的金鱼，不失时机地当众掉到池子里去，又不失时机地被在楼上聊天的邹爹救起来……

八

这么说的时候，秋天到了，秋天是有结果的季节，这三位的结果不好笑：鸡送给了门卫；兔则令它的原主人领去了岳麓山，因为楼顶禁养家禽；猫是野猫所以留住了，但它不该待在屋顶，因为它已会上树捉麻雀，会在楼顶屋墙上遛弯而不知有危险。总之有一天，它不见了……真希望它去了一个好地方，楼顶花园里认得它们的花们草们虫们也会这么想吧。

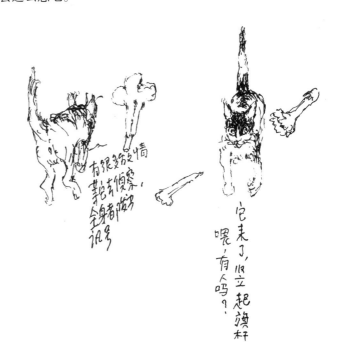

池 子 里 的 蛤 蟆 们

一

池子里收养着的上百只蝌蚪都是癞蛤蟆的孩子。初见到它们时，它们密密麻麻地布在西头小池里，蛤蟆的儿子形体比青蛙的儿子大，让人看了不由得一惊。不如打捞一些放东头池子里去，那里有莲叶有污泥有金鱼，再加它们也无妨。

这么一想，随即拿铁桶去舀，随便一舀就是几十只。

像大号黑体字一般拖着那条尾巴在池子里随便打着标点，说着那些永远没有句号的家常话，池子里的文章活泼极了。

二

蝌蚪日复一日长大了，当它们长出四条腿的时候，它们就全消失了，池子里一下子变安静了。

又过了多少日子？反正是夏天拖着她那一档子热辣的情话从这楼经过时，我遇着那些年轻的蛤蟆了。一只、两只在你经过的地方向两边闪，动作笨拙，不十分怕人。

那么多小东西呢？一只、两只的不止吧？

终于，有了另一种浪漫而酷烈的答案，在大楼院子里的水泥地上，我看到一只牺牲了的青年蛤蟆。它从十二层楼上往下一跃的时候，是不是把楼下看成了一个大池塘呢？

三

楼下树木葱茏，从上往下看很漂亮的。那种情形一定很壮观很惊人，它们有多少只成功？应该有，希望有，因为楼下水泥路不宽，路的两边全是草木，有缓冲依托。

夏季那么漫长，水龙头带给楼顶的蛤蟆们的快乐每日里只有一次，下一次真该将它们放到野外去做别样的梦。

栽 字

你遇到了一株你不了解的植物，你想描写它，你会发现你得有种耐性，

因为它生长起来的过程，与你描写它的过程是一样长。

写几行字很容易，栽出几行字来那就要一季或更长的时日。

了解一个人，较为准确地描写，那要几十年。

拜 访

清晨六点之前，是去拜访叶子们的最好时候。六点之前，露未干，太阳没有照到这院子——这大楼林立的谷底。

如果你的嗅觉还算好，你就会非常享受。如果敏感的话，你的感受会更为丰富。几乎所有植物的叶子都醒过来，并散发各自的芬芳。大树多的地方，草是不长的，草虽不长，却长苔藓。青苔的气味是人熟悉不过的。

没有种树的地方是草们的地盘。草坪首先是人偏爱的台湾草辟出的。此草四季青青，但娇贵，娇贵着的时候，本土的杂草就有机会露头了。不同的草开始管自己的地盘，花工拔不过来就听之任之了。

听之任之就是自由竞争的意思。人就可以感受到台湾草之外的草的气息了。

霸根草其实是保护地表的最贱的草，凭人怎样踩都不妨碍它长好，就是碾成尘埃也还是弄不死它，因为它的根系很宽，叶子也是发

你是……

日是讲究不多讲的实验资于吧，

叶子香气很特别，很好闻，只人只是说不出来

水烛朵朵

雪莉

桧

156

经抽芽的长法，很能霸土，所以得了这个名。长在田坎上或山地里的霸根草的根挖出来吃很甜。它不怕太阳晒的，阳光下的它们集体有一种气息，闻着闻着知道了夏。

这一位，我不认识，它有点像铜钱草，但非铜钱草。铜钱草是要长在泥沼里的。这一位在院子长成了两个平方米的不规则的面。讨它一片叶子揉一揉再闻，哎呀呀，竟然有青橄榄的气息，太喜欢了！

揉一揉它的叶子有一种青橄榄的味道

谁

五 月

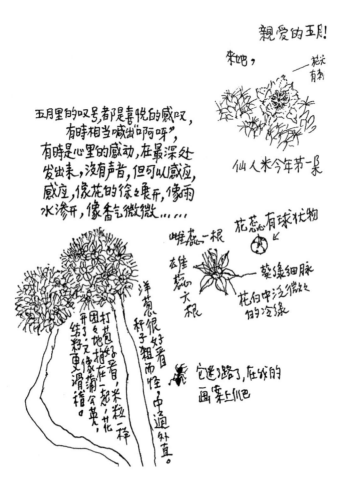

親爱的五月!

来吧,

——花朵
有刺

仙人米今年第一朵

五月里的叹号都是喜悦的感叹,
有时是喊出"阿呀",
有時是心里的感动,在最深处
发出来,没有声音,但可以感应,
感应,像花的徐之展开,像雨
水渗开,像香气微微……

雌蕊一根

雄蕊六根

花蕊怎有球状物

黏液象细脉
花的中泛微之
的冷绿

洋葱很好看,
种子粗而怪,
中通外直。

打苞很好看,
围圈地挤在一起,花
开了,又像蒲公英,
结籽,米粒一样。

它迷路了,在我的
画案上歇吧

158

六 月 模 仿 着 五 月 的 时 候

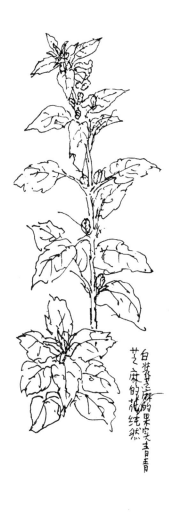

白芝麻的芝麻的果实青青
芝麻的花纯然

六月模仿着五月，模仿得有滋有味的时候，楼上的花就做起粉白粉红的梦来，把在五月开过的花重开了一遍了。

人生的季节是可以模仿的吗？或者，当花们草们红着绿着的的季节，人的五月也会跟着来吧，有梦总是比没梦好吧，来吧，亲爱的五月。

七 月 的 豪 雨

七月的豪雨夜间来，夜间的音乐就是雨打尘
埃的乐章，烦热的尘埃一夜之间让风带走，
赠世间一片清明的光景。

七月的豪雨午间来，午间人倦，半梦半醒之
间忽然万弦诸响，树叶翻飞，马路上汽车驰
过，回响起潮水一样的声音。这种音响，只
有在枕边惺忪片刻随即清醒的状态中可以
领受。

有没有人在豪雨里撑一把伞去与它会晤？那
是什么样的会晤？

七月的豪雨昨日夜间来，来半个多时辰就
走，就是这种脾气。

七月的豪雨今朝午间来，来个把时辰就走，就是这种派头。

夜晚来，听它演绎七月的故事。

午间来，看它如何潇洒地卷起珠帘，与美人卷帘两样的光景。

试问卷帘人，"却道海棠依旧"。

试问卷帘的风，它说，一清二白，说甚绿肥红瘦！

莲 蓬 童 子 端 坐 莲 花 蕊

一

莲蓬干上一两年，就变得像铜雕铁铸的一般，就是这个样范⑫了。

莲子呢，那就不是"一个坛子细细盖，肚里装蕤好青菜"的青绿坛子了，它像什么呢？像子弹，从铜雕铁铸的莲盒子房里弹出来，弹在地上有脆响的子弹，真有种！

铁弹子一样的莲子是没有太多顾忌的了，响当当的刀枪不入的样范。果真它什么都不在意吗？也不是的，它还是能软的，把它丢到泥巴里，它就心慈心软地发出根，长出芽来。原来，它的硬是用来保护"软"的。

二

种子有的是各式各样发芽的本事，但把它们丢到烂泥巴里去，却不一定都发得出芽子来。刚好，莲子有这种本事。周实与我讨论莲子时谈到这一点，我很赞成，物各有性，自性使然。

三

我喜欢莲花。从前我在开历寺里教书的时候，听说过寺周遭的地形状如莲花。花瓣是一座座山，开历寺处于正中，好似莲蓬。

四

我在莲蓬一样的千年古寺改成的学堂里生活了六年，却不知道一所学校的本来面目，等几十年过去，才从一幅古版画中看到开历寺的原貌。我心下一惊，接着就感到深深的喜悦，原来不理解的事渐渐有近了、可以目睹了的感觉。人在莲花中生活过后，喜莲、种莲真还有自己懵懂不知的因缘在……

莲
愿

一池污泥的冬天，池子里只有鱼和虾子们活动。那些小鱼虾和泥一样的色调，它们的活动在人看来是没有什么活动的，看不出泥塘是一个生命坊。

谁说污泥不好呢？污泥当然好，污泥由腐朽而来，腐朽即是为成全新生而备的，它成全泥塘里的活物，更成全莲子或是藕发出新生命的部分，成全田田的荷叶和中通外直的莲花。

莲有愿望，所有的生命都有愿望。莲花的愿望和天下朴素生命的愿望相类，它的愿望是开出它自己那朵花，结出它可以结出的实。

但它开得真美，真美。

形状、颜色倾向和变化、质地、姿态都有一种安静庄严的美。花苞像人双手合捧的心字。花的颜色红得很丰富很丰富，心思在花瓣上丝丝细密匀称地向天空收拢。

那是什么纹路呵，优雅如时间。

我抬头看花，

发现

花也在看我……

蜂也在看花，
不知道它是否同时也看到
了我？蜂的黄色和黑色也
很好看。

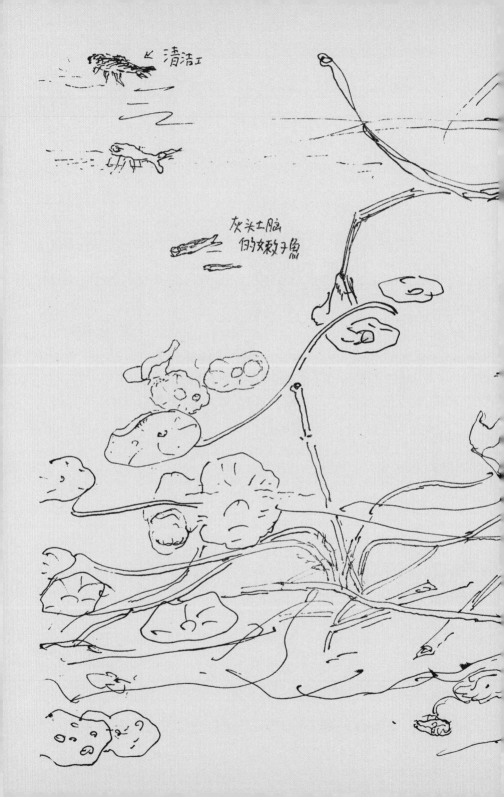

清洁工

灰头土脑
的妓女子鱼

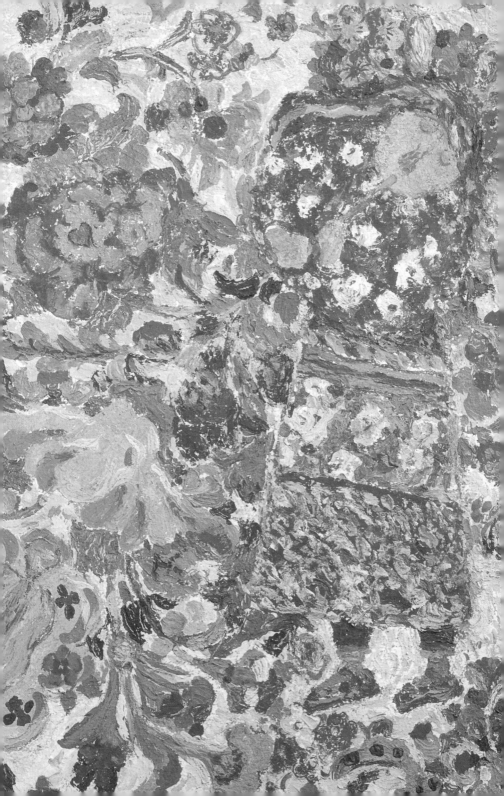

四

花开在雨缝子里

檐边雨
一滴一滴

我的音乐老师张芳瑞是位有才华的先生。

他的音乐课我很喜欢。最有味的是视唱练耳和音乐欣赏。即便是在文革年代，我们仍然在有限的音乐欣赏里发现了那种无限，体会了好音乐直指人心的感动。至今很多乐章清晰如初，包括他上课时的场景，他本人不动声色但微妙评说的表情。

我到长沙工作后，有同学转达他对我的评语，说我是从"雨缝子里走出来的人"。这话我当时没有时间追问，等到有时间了，想问张老师，他却去了远方的城市，不知现在是否健在。

檐边雨，一滴一滴。小时候从滴着雨水的檐下经过，人会盯住雨滴看一小会儿，瞅好了一个空子钻出去时，往往会错过那空隙，头发刚好被一大滴雨滴个正着。

雨的缝子有多宽，真没法说。雨来的时候，人在雨中行走没有不淋湿的。不过依然有空间的，我们小下去的时候，空间就显得宽了不是。

眉 毛

一个人的眉毛会变的。

小时候，我的眉毛像父亲。

"蔡小咪的眉毛像扫把。"我果姨说。

"那有什么咧，雄眉壮志嘛。"父亲说。我真的就雄眉壮志起来。

我小的时候脾气不讨人喜欢，讨厌对人说自己不想说的话。没有什么理由，反正不愿讨人喜欢。

喜欢是可以讨来的，可是在"讨"的时候，我的喜欢会哧溜一下跑没了。喜欢，喜欢待在它喜欢的地方。

我的眉毛里有喜欢在吗？我的喜欢不大往那里钻。

我的喜欢总是在心里，它跟我会面的时间往往在独处的时候。

我不知道我的眉毛在我喜欢的时候，会不会还是一把扫把。

我眉毛之外，另有结构，特别是开心的时候，眉峰就像山峦一样扬起来。扬起来的地方有很深的结构，眉毛就不像扫把了，像两峰。我在照镜子的时候看眉峰，眉峰带喜。原来，喜欢是待在那种深层的结构里，我一直以为的其实不然。

上汪涵的节目前，有化妆师为我化淡妆，所谓淡妆即是为我修理了一下眉毛，她把我的眉毛修成媚娘的样子，有峰的地方被刮去，我不喜欢。好在刮去的地方眉毛长得快。

我喜欢眉峰，它有让我扬起来的感觉。
扫把有两用，一扫扬尘，二扫晦气；眉毛也有两用，一挡汗水，二表表情。欢喜可以有许多去处了，不用回避了，它扬起来，满四路里跑。

样子

走路，看人走路很有味。看细伢妹子走路有味，看婴儿走路更有味。看各式各样的人走路都有味。

走路有"样子"，有"相"。古人看人看样子，教育子女也从样子教起，我们家的长辈能数出来的，最老的就是外婆这样的人。我外婆评判人物时有个标准，最起码的标准，那标准就是，"坐有坐相，站有站相，吃有吃相"，三相定乾坤。

因为相中有相，她老先生在三相里看人的未来，仿佛她持有时空望远镜。

而且，她看人超准。看出来未来的，她是不能明言的，但她看出什么不好，立马会说破，让听者警醒然后端正，因为"相"是会变的，所谓"境由心造""相随心转"，都是一种注解。

我去湘西凤凰采风时，遇一铁匠，那铁匠收徒就更高明。他是动作派，专看人走路的样范，并以此为标杆测量徒子徒孙是否能成为传人。

相，其实讲来也不玄，什么样的人就会有什么样的相，多多少少在人的表情、举止形态中显露，尤其眼睛。动作来自表情表意，你躲到哪里去？

好玩。

我妹妹看我走路，大大地嘲笑：看你走路啰，两只手是咯划是咯划！划？有点，我是在划我这只船吗？

我老父亲在世时，母亲讲他走八字路。不过不是"外八字"，而是"内八字"，因为喜欢足球，那双脚也都是脚尖朝内。

小丫儿走路轻，步子细碎。细满走路脚拖拖。

坐相和站相可以窥见一个人的品相，这话是实话。我外婆看人、教人都在小时候把话挑明。她说，走路要稳，不紧不慢，办事做人就稳当可靠。走路要有点子动静，轻飘飘，不好。坐着，腿不能抖。抖，是穷相，轻佻相。

小人儿学做人，先从走几步路开始。

纳　福

人人都喜欢这个"福"字,外国人怎么表达？英语里有"happy"接近,"happy"被书写的时候确有幸福快乐的感觉。但"福"字在被人书写的时候，令人产生的敬畏、期盼和安乐感，却不是"happy"可以形容的。

中国人造字很厉害的,一个字的意义丰富得不可言状,就看"福"字,偏旁从"礻",就应明白此字的由来，再看右边是"一""口""田",真是又明白又丰富。

我家小玖玖提笔书写"福"，那"一口田"写得很大。

春节前他第一次用毛笔书写"福"字，写出他的"感觉"时，我觉得他在引导我认这个字。"礻"中的神，我们明白，人间的福分要人怀着对上天的敬意去得到，而"一口田"的意思我们真的那么明白？

上天的慈悲，时间生命——都有福乐赐予，而且奇妙地将所有的祝福在生命的初始阶段就——安排好了，安排得如此隆重，如此巧妙，如此丰沛，我不能妄加诠释。

我们只能凭着各自的悟性去感受它，然后终其一生用各自的，发自内心的声音去回应。

"福"，如此丰富，人必得理解了它的全部意味，才谈得上"纳"。

我喜欢"福"字。

活到了一把年纪的人享受着生活的赐予后，想着把自己的感受奉献出来的时候，总会比较深入地思考人生的"福乐"的肌理在自己的笔下如何表达。

我想，一个人的表达其实已经织入了那个人特定的生活。领会好的，就有好的表达；领会不好，表达也不会好。福的光照耀着众生，众生领受方式和回应方式确实千差万别。我的领受是万千领受之一种。纳福，纳福的"纳"字从"糸"旁，可见"纳"字是人们从事耕织生活中得到的关于收纳一类事物的启示。

人生的经历如同织物，人的生活的篇章是人自己双手织出来的。人的福分就在人的劳动中凭人自取。

人辛苦着并快乐着的时候，人就已经享受了生命的福分了，这一点有人理解，有人浑然不觉，理解和浑然不觉都是享受。

最为浑然享受着生命的欢乐的是孩子。最美的词语诸如单纯、天真、率性、自在、自由、无猜……都是孩子那里的东西，人类童年的东西，特别"自在"。人离童年越远，自在离他越远，除非人有一份自觉，一辈子保守着自己那份童真，不叫时间收拾了去。

我爱小孩子，因为我有许多"因为"，使我的生活中总有孩子，睡梦里也怀抱着婴儿。我女儿知道我的梦，她说梦里抱着婴儿的人是最幸福的人。

我也这么认为。当我用我的方式记录一个婴儿、两个婴儿，更多点婴儿的成长，我很幸福。

小孩子是最能领受福分的人群，我描绘他们，摹写他们纳福，自己的内心充满幸福的祝福。希望我的作品能传递我的这份情感，希望读到我作品的人们都得到自己那份福乐。

我们曾经都是孩子，而且我们都拥有那份真诚。

点

点，繁体字写出来就是"點"，造字的人给一个"黑"，一个"占"。

点、横、撇、捺，是汉字基本笔画中个头最小的单位。什么字都是从点、横、撇、捺开始的。点，黑色墨点点，很好看。

"，""、""。""……"都是小墨点点，特别是省略号的六个小黑点，表示不尽之意。点再排下去是很多文字的省略不表，都令人遐想。

引号和逗号最伶俐，像蝌蚪，在字里行间由它逗来逗去，文章排起来水纹一样有了动感。

还有"！"惊叹号。

惊叹号像一粒小石子坠入水中，水要准备微笑或受惊地激起一个小漩涡，这漩涡，这感叹落到心里，到阅读者的心中击出水涡，而且还有涟漪。

我，好爱这小点点，愿意让它在我的文字中

占有很恰当的位置——一个字的空间。

点，它有生命意义。

它总会去找朋友，找到最般配的是雨。雨，特别是小雨，点吧点子地来，点拥抱它，就成了雨点。世间最美的花，梅花、杨花、丁香花、茉莉花，都是小花花，点状的花，落在纸上就是色点斑斑。"雨打芭蕉""白雨跳珠""细看来，不是杨花，点点是离人泪"，这种诗句都有点，雨点、花点、泪点……

今日立冬，冬天第一串雨点打在干树叶上，蹦跳，溅落在地面，连成一片，天一下就变严肃了。冬雨是北国的手笔，刚健凛冽。尽管刚劲，到了南方，它还是在琴弦上晕染开来，成了柔和清凉的音韵。

昨夜的古琴令人回味，演奏者是广陵派十二代传人，道行深厚，把《流水》一曲弹得出神入化，有很特别的表现力。

他的琴童在他旁边垂手而立。琴童是一丫髻

打扮的女孩，素色衣裙，深红坎肩。

琴师弹此曲时她离开位置，移步至我右边不再移动，却俯身向我耳语："我最爱师傅弹此曲。"并用手指一指，"那里去听更好。"但室小人满，想远听而不可。

一室之内，琴音袅袅。音符原来是有生命感的，活的并变化生长着的，是有空间感和时间感，甚至有色彩感的点子演绎的旋律。

人也是点子啊。

人是生命中最活跃的点子，人应当深入地了解自己的本性，在生活的琴弦或是键盘或是器物上，敲出自己独特的、悠远的旋律……

香 路

有一日，我在楼顶走，忽然闻到一种很特别的香气，仔细体会香的来路，却寻它不着，它又确实有香路，像昙花，又比昙花香厚一点点，太奇怪了。

是双喜花吗？

双喜花在十一楼阳台之上，几朵花香也能飘出一种香路吗？

这一日，傍晚时分，七月里。

处处都书写着草木精神，人读到的真是一少部分，让未知部分继续神秘地书写，古老、新鲜、没有尽头……

花朵给人以明快、强悍有力的生命感。

空的时候，是满得不得了的时候吗……

这种时候，内心只有轻轻的叹息。

法国画家艾姿碧塔说，印刷是复制，"是一种很有吸引力的背叛"。

细节会放大，营造出一种壮观的有气氛的效果，这里有文章可做，请你注意抽时间做，莫只管往楼顶跑！

门 开 一 线

久坐室内做案头事，忽然挂牵南阳台的植物要补水。拉开落地门，因怕蚊子进屋，通常门开一线，侧身进出。门开，外边的热空气一下扑个满怀，一种异香袅袅然在抱。寻思是双喜花香，一闻那桃花红的花，的确是它的气息，但并没有开门那一瞬间那样厚实了。

有的花香要保持一定距离才好。香水需用时，只能用手扇开了闻香。茶香也是这样去感觉，不独花香。

特别的香，留给人很久的记忆，这不奇怪。奇怪的是人走在熟悉的植物中突然闻到异香，四下里搜寻，却又没有看到什么花在开，这实在是奇怪。难道香的记忆是可以储存的？

下楼出得单元门，遇见汉中家的小女孩。小女孩两岁多三岁的样子，长得蛮好玩，曳着她的长裙，嘴巴嘟嘟像花苞子，逗我对她"呀"了一声。这"呀"那么一下子的时间，其他人都隐到了声音之后，很像开门遇到花香。

只 有 澄 明 才 能 使 人 遇 见 真 实

黄昏过去，云被西沉的红日拱得紫红紫灰。

这时上得楼来，竟然看到眉毛一样弯的月亮及守候着的那颗星子。

月亮的色彩如此明黄，星子像金子一样闪烁，紫灰的天空活跃着蓝、红、灰色的色斑。在偌大的天空下，城市的屋顶颜色重得拖不动，就凝固在那里了。

月亮和星子相见，人与月亮、与星子的相遇情形有多少不同的情景，我这是第几次看月亮这么美，星空这么亮呢？为什么感觉是第一次相遇呢？

也许此前相遇只是目遇而不是神遇，故而没在心头落下惊奇和感动吧。

如此看来，"见"是需要条件的。

"见"要的是心头无遮蔽的状态，一心如镜的状态，才能鉴照事物。

人喜欢知识，但所有知识的妙用是去弊，并不是堆砌。堆砌的结果是被封闭，而真知是让人澄明。

吸纳的事，每时每刻都在进行，吸纳中有包容。真实的与虚妄的捆绑在一起，你以为触到真实，却发现虚妄，发现谎言。

只有澄明才能让人洞见真实。

监霄花

月季

金银花

耕斯

菜

微型

胯

麦背昌花

收拾完杂草就下起大雨
今年的春雨一直没完，小雨不多，一下
就是大雨，很急躁的样子。刚开
的花朵全被打弯腰，

不知那一朵花
是那只幸福的果，
虽然不定是有果的果，
无果的花也是一朵
果，所以它
们都努力
开，花蕊子
齐刷刷地。

真的像
一把刷！！

去楼顶看看，除除草剪剪枝什么的，当真是不舍得下楼

不相处青草弄了这一圈春光

乘着柚子花开，你就围着院子走圈圈吧，走一圈，花香一圈，走二圈，你就得了两圈香，走N圈，你就得了许多串起来的香了。真是美气极了，感谢天感谢地感谢阳光，感谢造物主，树栽

柚子的花香，很馥郁的，三树香有一院子的香。树栽

住围墙三米的地方，与毛竹枝、香樟枝相覆盖，叶叶交通密

离起，十年来，枝枝相覆盖，叶叶交通密之处是街，是高

区区不可分。香气就更浓了。墙之处是街，是高交通密送曲来侧

柚子的香气。在香阵人的脚步也变轻盈

花香，早晨去买菜也

我看这柚子经营它的花，也真是一树一树，也真信

满满的样子把花开得但是一树一

那些花能每年每枝只能结廿来柚子，但

不准，所以只有多多地开，多多地预说

柚子皮厚，花瓣很白很厚，实

到香只是香

虫去你心的

不做作的心

人做着所谓艺术的事时，其实全部是模仿自然。自然的好是一种好，艺术的好是另一种好。自然的没有穷尽，艺术也没有。

艺术在模仿自然的华丽和自然的素材的很多时候是做作，远没有自然来得好。出现做作的艺术是因为人做作。人要学会如何"不做作"，真是一件不容易，需要一辈子努力的事。

不做作的心是什么样子的心呢？是无猜的心思，然只有儿童期才有无猜。

"云无心以出岫""泉涓涓而始流"是无猜；

"苔痕上阶绿，草色入帘青"是无猜；

"枝枝相覆盖，叶叶相交通"是无猜。

自然的无猜、词人的无猜更无猜。要做自然一点的艺术，要返回童年，返回大自然。

人生活着，从小到大，从大到老，才会明白一些事理，虽然知道一点守住根本的道理，但总是免不了旁逸斜出，硬是要吃过许多苦头，走过许多弯路，才会珍惜花了大力气得到的宝贵的东西。

这样也好，总算是找到了对比。人生所谓丰富就是讲对比关系，不止层次上的丰富，所有的反复和做作，好像都是为单纯和无猜做了铺垫。

身　段 *

如何是好呢？我写这些字的时候，只能反常规地细下去，细得能让它们只好从时间的毛细血管里去遇见我以前的文字。

相遇的条件有一条很重要，就是平等，所以今天的文字书写，在这里会谦逊得让自己的眼睛很生气，它们说，你为难我们老眼有什么劲！

但生气归生气，眼睛还是很配合地调整了书写的距离，好让今天和昨日亲密无间，打成一片。打成一片是放下身段的结果。

* 作者喜用笔芯粗的笔做笔记，笔画粗重。

设计师以她的笔记原稿为素材设计制作笔记本时，对图像做了等比例缩小以适应版面。作者在笔记本设计成品上再书写时，为了让当下的手写文字和印刷的图像相配，反常规地选用了细笔芯。

最　好

字写在有质感的纸头上感觉很舒服。文字是可以抚摸的，你的书写就是抚摸，眼睛也在抚摸。写得有感觉的时候，笔和纸也有感觉。它们当你的笔，当你的颜色，当你的心思，心思单纯得只有一笔或是一画，那一笔一画都是不同的。笔笔都有机遇，而"遇"这个字真是妙不可言的。

你最好有一支笔随身带着，记下不期而至的感觉，昨夜记得要写，现在却什么都不记得，怪可惜的。

平 常 心 就 是 无 事 的 心

平常心就是自由的心，无染的状态。

艺术创作处于无拘无束的自由状态时才能出好作品。因为艺术之美的两大本质一是自由，二是健康。

平常的心就是无事的心，内心无事，故无拘泥，无怯懦，无犹豫。传统的大力是一种很大的立场，接通传统的创造活动可以创造出深度美的、厚重感的作品。

平常心是一种宽润的心，万物各从其类，相生相发，相映成趣。这种物趣也只有在平和的、无偏颇的眼中可以发现。

庸常的美，诸如芝麻、豆子、白菜、葱、蒜罗列在案头，做菜的人知道材料的美加上形和色的韵律美，也只有审美的心才能看到。审美情绪和眼光人人都可以培养，人人都是艺术人的时候，物尽其才，各美其美才有可能。

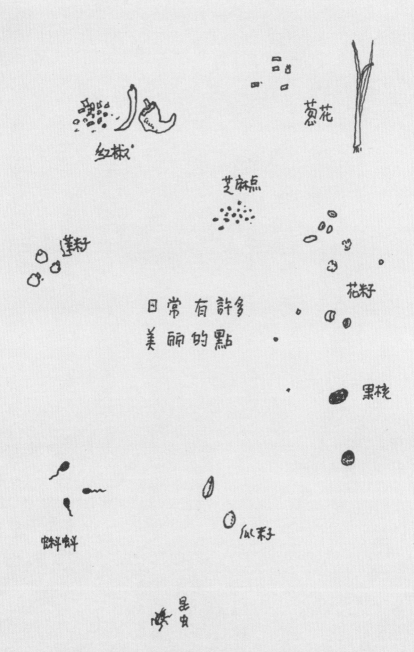

葱花

红椒

芝麻点

莲籽

花籽

日 常 有 許 多
美 丽 的 點

果核

蝌蚪

瓜籽

昆虫
嗳

五

一日三，三日九

『一日三，三日九』，
这像音乐……

这是算术题吧，是"三三得九"的乘法吧？

也是啊，日子是有点像算盘上的珠子，"噼里啪啦"一拨，日子如珠子一样滚成了抽象的符号。庸常的，真是无可奈何！

可是音乐会施魔法，只要音乐一来，简单的日常
的节奏就变成了简洁明快的音乐节奏了。

忽然，你发现你的碗喜欢你的筷子；你的瓶子喜
欢你的花；你的拖把喜欢你的地板；你的衣服喜
欢你的柜子；而你的家人喜欢你。

"一日三，三日九"，这像音乐……

我外婆做事時，我多半在一旁磨蹭。因为接得到"話脚子"。長沙話你那些零頭八碎为"脚子"，渣子的意思。生活的用度不需大料，当然重要的事要用大点的、整一点的料裁。但一般忙况，小料的、边角余料的沒有浪费的习惯。小孩子跟大人混，只能拾点"脚子"。

我的外婆

我外婆做事时，我多半在一旁磨蹭。因为接得到"话脚子"。长沙话称那些零头八碎的为"脚子"，有渣子的意思。生活的用度不需要大料，当然重要的事要用大点的、整一点的料；但一般情况，用小料、边角余料即可，没有浪费的习惯。小孩子跟大人混，只能拾点"脚子"。

我，蛮看得起"脚子"，绸布脚子可以用来做小玩意，荷包、香囊、布偶一类；线脚子可以用来做棱角；麻线可以用来缠在铜钱上做毽子；饭脚子用来喂鸡；话脚子嘛，话脚子捡来用处就更多了……

我外婆会做。

会做一手好饭菜；
会做甜酒；
会做粽子、皮蛋、盐鸭蛋；
会做坛子菜，一批批地做；
会做雄黄酒、秘制胡椒、腊八豆；
会做小吃，麻打滚汤圆、刮凉粉；
会做茶食，巧口⑬、红薯片子、芝麻豆子；

会做针线，做得最多的是布鞋。

我外婆会讲故事。

我们最喜欢听她讲故事。

外婆讲故事不耽误她做事，她一边搓麻线或是一边打鞋底，一边讲故事。我也学会了搓麻线，先把裤脚挽到大腿，露出膝盖来，在腿上搓，搓的麻线是用来打鞋底的，麻比棉结实，长沙话讲是"经得事"。走路穿鞋与拿笔做文章一样的都是"事"。我还学会了针线，做个袜底子，打个补丁会打得漂亮。而外婆讲的故事要另写，因为那些故事类诗，类剧目，有唱有说，记下来不容易。

有些故事，比如皮匠的故事，那故事里有哑谜，外婆一边做手势，一边做翻译，变成文字，没了手势，难以传神，民间故事的流传全靠"讲"。

我外婆打讲，她是用手来扯，一边扯线，一边讲，故事就从针针线线里扯出来，随即又缝进她的衣服鞋袜里头去，故我现在看民间艺术品总是觉得里头有故事，故事里头藏着作者的不易察觉的心思。

一个手势

宰相意思:
团团明月
皮匠镜子是:
荞麦粑粑.

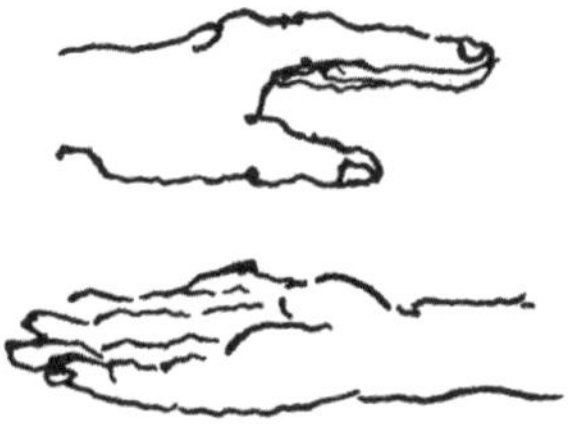

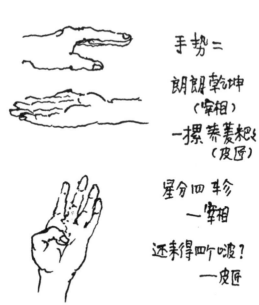

手势二

朗朗乾坤
（宰相）

一摞荞麦粑粑
（皮匠）

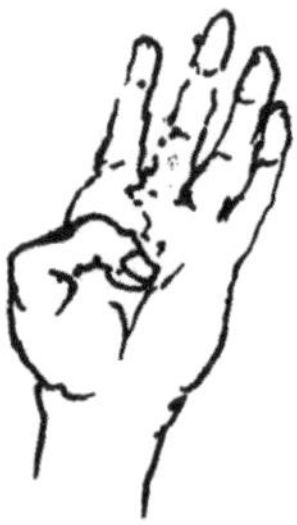

星分四轸
——宰相

还来得四个啵？
——皮匠

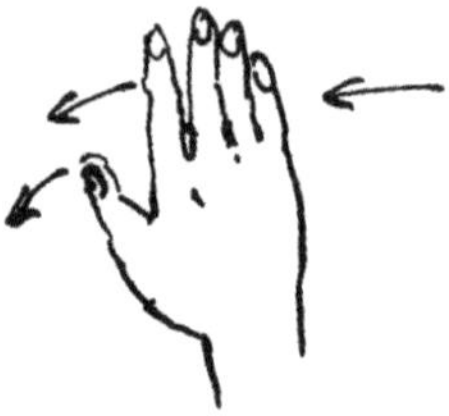

一扫太平
——宰相

再来不得了
——皮匠

宰相用手势打谜语考驸马爷的故事蛮好玩。所谓交流，特别是上、下两种层次的交流，在民间就是这个样子去描绘的。这个故事在我外婆口里，是这样讲出来的：

从前咧，有个皮匠。皮匠进城去做工夫，他想找点什么东西垫屁股，顺手掀了墙壁上一张纸。他目不识丁，闯下了祸，原来他撕的是一张皇榜。皇榜上讲的是急事，内容是公主被鱼刺卡了，谁有办法救她，谁就有机会当驸马……救不了，杀无赦。

谁都不敢去揭皇榜，碰到皮匠这个背时鬼，都等着看皮匠被砍脑壳。皮匠被押进宫。

皮匠抓耳挠腮，急中生智用身上的搓灰搓了个丸子——作呕！公主吃了这个丸子一顿好吐——不吐才怪，这么恶心。鱼刺吐出来了，公主病好了，皮匠就只好硬着头皮当驸马。

驸马有那么好当的？驸马要考哇！

考官是谁咧，是宰相嘛。宰相是有肚子的，说那肚子大，可在里撑船，这位宰相也是。他想，这差事不好当。你看，皇榜一揭，满天下都知道了，一个小皮匠，治得好公主的病，那御医都干什么的！可偏偏又让这家伙走运，砍脑壳是砍不成了，考试这关怎么办？出个哑谜算了，看这小子有没有命。

于是宰相招来皮匠，如此这般打起哑谜来。皮匠也是运气好，宰相的手势意思是"团团明月"，他立马识得是一个荞麦粑粑。他马上想，他问我"喜不喜欢荞麦粑粑"，当然，当然喜欢，我可以吃它一摞儿咧，所以他心到手到，立马做了一个"吃得一摞儿"的手势。见了这手势，宰相一惊，驸马才学了得，他回的是"朗朗乾坤"咧。他接着打下去，做了一个"四"字模样的手势，看你怎么"四"，皮匠哪里斯文，他想，这是问我还能不能再来四个粑粑，那会吃撑去，立马做了一个"不要"的手势。那一位却惊叹，好才学，好才学，我说"星分四轸"，他回"一扫太平"。奇才！宰相立马禀报皇上说如此。

第一题考完，其实还有第二题，第二题更好玩，只是当年听故事的人还未发蒙，前两句问话记不得，只记得讲故事的人拍了一下肚皮，又拍了一下屁股。好像是宰相拍肚皮说"满腹经纶"，皮匠却在那里想做鞋子的事，见宰相拍肚子，他即拍屁股，意思是"做鞋子的皮子吗？肚子上的皮子不好，屁股上的皮子那才是好料呢"！宰相说的是"我满腹经纶",以为他竟然回说"那都不在你的胯下",太牛皮了。

故事讲到这里,小人笑,大人也要笑,笑皇帝,笑宰相,笑被鱼刺卡住的公主,笑小皮匠整成了一个才子,当然讲故事的人模样好笑,小孩子叽里呱啦的样子也好笑。

童年味,我们喜欢的是:茉莉花味
紫油姜味,桂枝油味,酸菜坛
子味,洗干净以后让太阳晒过的太阳味
白发火味,饺儿味,凉发糕味

雨水、针脚和故事

我外婆会做针线活，针线活体现在给我们姊妹做鞋子，从打衬壳子⑭到用楦头给鞋子定型，我们小姊妹是一色地在行，见样学样。

我外婆打鞋底的时候最好看，鞋底夹在两块板子中间，板子夹在外婆的脚中间，针线像拉胡琴一样被扯过来扯过去，洁白的鞋底上留下密匝匝的针脚。

那种针脚后来我也学会了一点，用来做袜底和打补疤⑮，针脚比一般同龄女孩子要好上那么一丁点，这也便成了我的得意，因为外婆表扬别个女子如何如何好时，"针脚好"是一项硬指标。

我外婆的针脚是配有"蠢宝男人和灵放⑯堂客"那种故事的，又解闷又解气。说"解闷"是当天落雨落个没完，细伢子没事寻事做；说"解气"是长大后方真正晓得，因为自己也做了别人的堂客，做人堂客的滋味只有做过堂客的人才知道，虽然各堂客有各堂客的不同景况，但大都怄过男人的气。年代久远，自然就有了外婆们口头流传的故事。

故事里的男人是个宝，并且是蠢宝，就一点也不意外。还有弱势群体战胜强势群体的故事，如"皮匠师傅做驸马"。一字不识的皮匠懵里懵懂就做了驸马爷，荒唐而真实。

故事中时有哑谜和打油诗拱出来，放肆地调侃着权势，平日里憋着的一股子气就在这针脚里放出来，谁也奈何不得。所有的细伢子无有例外全同讲故事的人做了同谋，不管这些故事听过多少回，总是好像没有听过一样，不时投以大笑。细伢子一笑，扯得大人脸上的皱纹都变作了波纹在老脸上漾开，老老少少笑作一堆。

我外婆针线扯出来的故事真不少，数一数，随便就有一筐箩。现在怀想起来，我觉得没有听过比外婆的故事更好的故事，也没有穿过比外婆做的布鞋更熨帖的布鞋。

而今，我们已是做了别个的外婆的人了，也到了以各种形式显露自己聪明的年龄，所有的宝气⑰会咕嘟咕嘟地冒出来。如果凑巧天上下着芝麻雨，嘴巴子嚼着芝麻饼，那么有趣的事会像雨点点落下来，和芝麻点点一样掉到细伢子的嘴巴里去。

看戏

看戏在我是什么年月的事？哎呀，一问就问得一堆日子要过筛，几十年的日子筛得见底，看戏的日子就放光放亮地照着我了。

年龄细到一岁多的时候，我记得我被翁妈⑱抱去看戏，我总是吵，吵得翁妈只好抱我去戏院旁门外，把头伸进大棉布门帘中缝中去看戏，让我在门的那一头随便吵。长到四五岁，我的待遇见好，记事了，戏前戏后的事大都记得，高兴时还插上一句嘴，例如说某地戏班的名角小生叫邵文娟，又某戏班小旦宋桂花、生角裴佩君，本地湘剧班子名角陈艳京等等，令大人不敢小看，所以有戏可看时我就有脚可跟。我喜欢看湘戏《九件衣》《荔枝换绛桃》，越剧《西厢》里面的旦角不断地换行头，左一套右一套地换，看着如同看仙女一样，那时节观众喜欢这一套。

台上热热闹闹地唱，台下热热闹闹嗑瓜子花生、吃茶。小孩子还吃得到寸金糖、紫苏梅子一类。搞得一手一嘴蒇黑⑲的时候，跑堂的伙计就有滚热的毛巾递过来，大人擦过一遍嘴巴，顺手把我拖过去，看也不看，将白毛巾往脸上一揞，连鼻子带嘴巴就是一拖，拖完继续又吃又看。笑死人，哪是看戏，直叫是吃戏，吃得手指老是蔑黑的，戏是烂熟的。

事情一晃几十年过去，几十年前的戏老得没人提，看戏的细人⑳都做了外婆了。

忽然，有一次女儿对做了外婆的人说，我们可以去看一种戏，只不过是皮影子戏，乡下土班子演的。这一下，胃口来了。乡里看戏，我有经验，有味。那种味，城里下过乡、当年做过知青的都省得。乡里人喜看花鼓，旧戏开禁时节，台上唱戏，台下只管喊：斜点丫子㉑，斜点丫子！

没开禁之前，只有样板戏看，那也很好，背都背得烂熟了，还是去看，只要送戏下乡，管它在哪个屋场都要去。在公社，那戏台早早搭起，天一黑，你就可以看到满垅的亮壳子㉒、手电筒一串串闪过来，田埂上人喊人叫，田埂下蛙喊蛙叫，一浪高过一浪。开始是唱京戏，后来京戏移植成地方花鼓戏，大家都学起唱，唱得这腔串到那腔。

我的妹夫中有位湘剧演员，当年专唱样板戏《沙家浜》刁德一这个角，扮相唱腔都还不错，想必是唱溜了，人就调点小皮，唱到刁德一、胡传魁、阿庆嫂智斗那场，刁德一对胡司令有一段耳语，他就将嘴巴凑到那肥佬耳朵边骂上一句痞话，那肥佬也只能按台词大喊一声："好！"事后少不得两人相骂，骂归骂，戏还是唱，痞话不断翻新。当然，这事是小范围传，那年头没什么事好笑，逮到机会还不笑个痛快。乡里人也有好玩的，传出话来说，啊，看懂啦，原来是胡司令想阿庆嫂……哎呀，哎呀，扯远了。

还是讲皮影子戏，讲在白果乡看皮影戏。

白果乡的人喜欢在有喜事时办皮影戏看。价格不贵，百把块钱一场戏。办喜事隔天就定好，好让邻里乡亲晓得，大家都来凑个热闹。

吃罢晚饭就搭戏台。戏台用扮桶㉓来搭，四方形扮禾桶往大门口一扣，大门两扇门页子往上头一盖，幕布一扯即是。皮影班子只有三个人，连行头带人马一摩托车就来齐，只等天黑。主家此时上茶、装烟，等人客，等到灯火闪闪，人语喧哗。乡里人最讲礼数，来看戏是来凑热闹，各户都捎带有红包，红包无须大，一二十元尽够。你讲客气，你多放挂鞭炮，一路放进屋场，这东西有效果，见得人人脸上沾了喜气。主家这时欢欢喜喜将大盆端出来，无非薯片、炒豆、瓜子、花生、糖粒子一类，噼里啪啦吃得一片响。我亲家最是客气，老班子的人手里都有一茶盅子谷酒端着，香一屋。戏就在这种时候开场，此时热气蒸腾，鼓乐齐鸣，就像掀开一笼热包子。

且说看那唱戏，戏目是随喜，这种按场合大都点热闹戏。我亲家那天点的是《天官赐福》，讲的是隋末李渊挂帅打番王，做开国天子的事。唱腔很土很古，甚是难学，里头有段唱词倒是记下了。那李渊有段唱词却是："做官有甚好处，当兵与吃粮，把个肉身子卖与皇家。南旗官他把人招，有元帅三更起五更饭，三声炮响上战场，枪尖下死几百何同雀鸟，还有谁来把尸收？有将官回营者才把名挑，有亲人与朋友搭信传书，在家中设神位，娘哭子，妻哭夫，好不凄凉。我劝你不如回家务农为本，快乐逍遥……"好，你就思量这一段，李渊在戏中竟是参透了事情去打天下的，他倒是把农民帝王的那套东西一唱就唱到了底，是不是？

再看这时那唱戏的唱得真个动了情，一边拉琴一边唱，男角女角都是他，手脚并用把那个戏台蹬得一片响；唱得红光满面，大汗淋漓，也不看剧本，剧本全在他肚子里，由不得你不佩服。我少不得向亲家翁打听其人其事，印象就更深了一层。原来这皮影班班主叫永生，原先做雕花木匠，后来做木匠，他小时候就喜欢看戏。永生的爹是个土改干部，他娘最喜欢娱乐圈子的事，永生的喜好有根源。永生是个灵放角色，先是做雕花，后是做木匠，两样都来得，在白果乡做上门工夫时，亲家陈给他过一副对子，那对子上联是"永雕完美，斧劈方圆"，下联是"生来吹唱，足蹬四方"，冇晓得一语成谶，永生从此弃业改行唱戏，一唱就方圆几十里唱出了名，因唱的是老式皮影戏，他的雕工根本就废不了，皮影子总是自做，又画又做。唱戏是吹拉弹唱色色精到，一个人可以唱一台戏。

这种艺技，孤陋寡闻如我辈者只在书本里头看过，不想几十年下来，在永生们手里却留了下来，令人看来有点像活化石。活化石之所以为活化石，还因为老班子的看客还大有人在，他们爱戏、爱永生这种人，并且一爱到底。而年轻人却是轻慢了他们，因为他们还不大懂艺术里总有些东西是不可思议的，艺术媒体总负有一些平淡无奇的任务，如果对此浑然无知，就很难获得审美之愉悦，存在本身是超越其目的存在的。

戏作为传统文化，国家是保护起来了。永生们的戏还在唱，能否一直唱下去，他的班子有没有人接，接下去的人又如何唱，真是不愿想象。且让我的这段文字带给永生兄弟们一种祝福，愿为人生的艺术生生不息，祝福传统戏……

我坐在这水边的草丛里 四周静的只水气草气虫胡蝶麻花色的
蜻蜓，草中的韭菜，还有蚂蚁都跑到这里来了。

草丛中

蚂蚁

没有船
见过鱼是养不活了，
水是浊的，捞不到刀了
从前这里的水清得看见石头
和水草，它叫捞刀河，是有道理的
记得我见到它时只有十八岁，也是清清
楚楚的年月。

有几种

草绝对疯狂，
绿茸茸的诱人触动，我指
的是田硬上的草，先前……

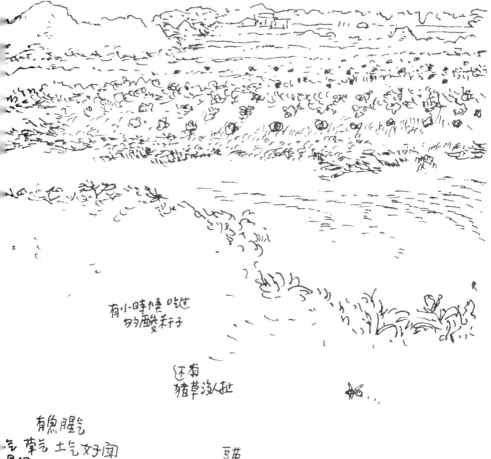

有小时候吃过
的酸梨子

还有
猪草没人扯

有鱼腥气
气，草气，土气好闻
得很

豆苗

一兜兜圆嘟嘟

河岸上墨坨坨，
那是什么？

有风

有一棵楮树

人好懒更，懒得
手脚膀胱都伸不了去

亲家

我有位亲家翁，姓周，是个有味的人。亲家翁儿女多，所以他的亲家也多。因为去看亲家，所以就认得了亲家的亲家中更有味的这个人，我喊他亲家陈，这样说是不是要摆一串冰糖葫芦？

亲家翁、亲家陈比邻而居，就像河北智叟和愚公比邻而居那样，只不过隔着两家的山不是什么太行山、王屋山那种大山，而是座小山包。通常老百姓家的靠山，这么大也尽够。

那里的景致也是很平常又很有味的。位置在一个三县交界处，人称三不管的地方你就会多少能想明白一点这种地方的好处。

从长沙的高速下去，车子一拐弯，路就是石土路了，九九八十一道弯，弯到一个敞亮的地方。那里的人把那种几面环山、中间是谷地的地方叫塅。我亲家住的地方叫大湖塅。离塅不远就是韶山巍峨的山脉。有两条水路从那边汩汩地流过来。你可以想象那种日子了。

来了客，往山上一爬就看到女儿家的屋子，扯起喉咙一声喊，帮忙的就来了，何等气派！等看到饭桌上的景致，那就更气派了：祖国山河一片红，都是肉。连一碗汤都是浓浓的肉汤，绿色的青菜只是配角，筷子短得只怕夹不到手。

我亲家，一个部队里转业回来的人，相貌威武，声如洪钟。他声称他属虎的，不喜吃蔬菜，也当我属虎，只管将肉夹与我吃。

吃饭时，我瞟他几眼，发现这虎也不甚吃肉，只是一口一口抿他那杯谷酒，把脸抿得通红。

席间常作陪的就是那位亲家陈。亲家陈，高个子，申字脸，鼻梁高直，鼻头却阔，喝了小酒，先把鼻头红了。我亲家把他请来，像是请一道上好的菜，乡里人好客好到可以把亲家拿出来招待别人。这一点，城里人就不太容易做到了。吃罢肉，喝罢酒，一碗茶端在手里，往火塘旁坐定。

火塘跟灶屋是在一团的，这地方烟熏火燎，四周乌黑，而炉火却红。我的亲家两口子忙手忙脚做些洗洗刷刷的事，亲家陈就只能忙一忙他的嘴巴子。冇晓得这淡扯不得，一扯就扯起七远八远。

"我读过一年零两个月的老书，"他说，"从公公那里学的。从《三字经》《百家姓》读起。公公是个秀才，没中过举，在家置点田。一个崽开了个铺子，另外三个崽种田，自己教书。住在白果树大屋那边。

"我进过学堂，读洋学读了一年零两个月（又是一年零两个月），在长沙打过工，就在那个长沙第一师范的那个妙高峰，搞厨房。

"那地方借得到书看，我喜欢看历史小说，看得多，写得少，所以认得的字比会写的字多得多。会做对子。我，对子做得好，人家喜欢，我也喜欢。

"我做过解大手的对子，你莫笑，你听我讲，上联是'生意兴隆聚财入库'，下联是'你来我去川流不息'，是我解大手做的。

"噫！我做对子做得好，人家做生日请我去，我去帮厨，做了一副对子送给这人家，这人家老人做寿，我的对子就做'月桌圆圆坐亲朋，中间站着李老君。八卦炉中炼仙药，人人吃了永长生'，一屋人都喊'好'（实为打油诗也）！当时是十二月二十三日，冬时，吃火锅，火锅就是八卦炉喃，取其寿相。李老君暗指寿星李凯，懂这一点的吃客又都拍手：'陈师傅有才！'

"周兴伸八月间栽白菜，出个对子要我对，他出的是'青天白日，担青水，拍青菜㉔，不得青，白拍不活'。哎呀呀，这就难对。

"我想来想去，对来对去，对到凌晨两点钟，对起来了，我对他'红日高照，有恒心，栽红菜，横直高产'。鼓励他，拍菜拍过去，不得了，他硬是把菜拍活了。

"大湖墩有个姓张的叫张小秋，他是张家的族王，三四月，这人在那里钓鱼做对子，喊我对下联，他出的是'童子打桐子，桐子落，童子乐'。我想，这对子不易对，但兴碰，碰出来了。因为我看到他只钓了条鳅鱼———一条沙鳅子，好，对起：'小秋钓小鳅，小鳅跳，小秋笑。'

"周永生，雕匠，后来做木匠，喜欢唱戏。我做了对子送他：'永雕完美，斧劈方圆；生来吹唱，足蹬四方。'不料这人后半生，真的就去唱皮影子戏去了，真的'足蹬四方'了，这对子末了一句，对得太厉害了！

"乡里送电了，我给那个供电公司做了对子：'衡南变电山塘电，水电安装照万民。'喜得公司正月初四送我四瓶酒……"

火塘边的淡就这么扯下去，扯得我亲家脸上挂不住，他贬亲家陈说："一张脸尽是嘴巴子！"我们赶快就此收工。

小山包那边人家

小山包的那一边是亲家陈的屋场。屋场后有一座大型的山，山坡上种着竹子、油茶、杉树一类，山脚下有一方塘，塘已承包下来养鱼。

从亲家屋后爬小山包很有趣，那里有小小的山路，小山有了这条小路显得非常别致。

顺路而上而下，要经过茶园、菜园，还经过一口袖珍的小池塘，小池塘里有几只鸭子，把水弄得啵啵响。两只狗，一只叫大黄，一只叫小丑，早就候在路口，看我爬上来，一路屁颠屁颠在前面欢跑。

亲家陈已然住起了新屋，与隔壁六爹的土屋刚好做个陪衬。六爹的屋虽老旧却干净好看，紫红色的鸡冠花、红雏菊正开得旺相。

新屋左侧是山坡，亲家陈说，这地方最好，两边的山抱着门前的田亩，很好的风水。

他说他死后要埋到那个地方，那坡下的地是麻石和土。

他说，他想要那块地想了三十年了，现在耙出了好多坡土。坡土上多种有橘子树，空当上种菜喂猪。这土已归了他了，想了三十年的事已不成问题了。他问我要不要去看看那地方，我赶紧说："不去了，不去了。"

那口塘包下来养鱼，养的鱼卖五元钱一斤，人合适的就卖四元钱一斤。"冬天干塘你来玩，要吃什么鱼有什么鱼。"他说。

看他新屋床上铺的还是凉席，我很惊奇。"亲家爷不怕冷？"

"哪里，他晚上睡在鱼塘边的棚子里守鱼。"他媳妇替他回答。

"这里乡风不好，鱼也有人偷？"

"有，现在有，夜里来偷钓。"末了又补一句，"其实偷钓几条子也没什么，大厦千间但眠八尺，田栽万顷日食一升。"兴头上又多说一句，好像是说："人在边坎上，踩就不要踩，弄也不要弄。"话这么说，夜里还是去塘边木棚里去睡，敢是喜听鱼跃？

吃过早饭，这亲家陈又同我寻到他亲家的灶屋里，坐下吹他的水烟筒子。水烟筒子是我亲家特为他预备的，吹着吹着又会吹出许多故事，我这个人呗，少不得用个本子放肆一顿乱写，以为记。

夏天里，在镇附近的马路边看农民骑旧旧的
单车轱辘轱辘地在路上颠，那种旧旧的感觉

人一旦拥有将汽车更换成摩托车后，还会想念的能力

过去吗？
还会有人重拾朴素和简单吗？

颠过来了……

一个老头

风雨桥的两边有给过往人客歇脚的长凳，黄昏时分，常有一个老头坐在那里歇凉，手里拿着一张硬壳子纸作扇子赶蚊子。看他形象有特点，我便搭了讪，坐在他对面，一面画几笔速写，一面跟他扯淡，下面记下的就是那天傍晚的话：

"我年轻的时候玩过枪……"他起头就来这么一句，"这桥头，曾经挂过死囚的头，有一年同时挂了十多个犯人的头……我留什么头发？留、留分头……

"我去年九月二十一发了病——风湿病，我这只手和这只脚不好用，我走路不行，要用这个拐棍——我用这只手吃饭的——我，讲话不行，去年我还讲得的——我媳妇把饭送起给我吃！我做不得事……

"儿子？儿子好，媳妇好，不好——不好搞不成器……给我钱？不，不要，我不要，我不花钱，吃点饭就要得了。哪么要得？你们公家人，靠工资吃饭，在外面要花钱。给我买酒喝？不要，我屋里有酒，我每天喝半斤……你们哪里来？长沙？啊，晓得的。串联……毛主席那时候……伢伢、妹子十五六岁到这里来过，长沙的……吃饭的时候，我喊他们吃饭……你画我，这是画的我？不像……嘿……嘿……"

两姊妹

这家人的屋一多半是蒲编的，画起来好看，住起来可没有木头屋好。

这家很穷，木板房子有半间，睡房和厨房之间只横着一根木，有一间依着山，没有材料将裸着的山隔一隔，两顶铺！

铺盖极破旧，堂屋放各式农具、山芋，新近收的菜籽用木澡盆装起，一节木头上有娃放风筝的红绿尼龙线。

家里的妇人正忙，水珠从她遮雨的透明塑料薄膜上顺着肩膀滴落。屋门口坐着一个女孩，长得乖，穿着一件大红衣裳，编织着什么——女孩子用得着的东西——用那些零碎的、五颜六色的线。墙上粘着一排这家人的光荣——奖状。

女孩坐着并不说话，来了客并不起身，依旧织她的东西。这里每年都来人画画，她家里还让拍电视的人来过。我看奖状，每张都看。原来她兄弟姐妹三个，她排行第二，下面是老弟。姐姐的奖状多是来自"田径运动"。

她则多为"优秀少先队员"。

爱田径的跟本村的青年去了深圳打工，做玩具厂的工人。玩具厂有几百个这样的人。

我问她姐姐在那里好不好，她说："当然好！""那你去不去？"

"她要我去，我不去。"

"你好好读书，你喜欢读书是不是？"她不作声。

我说话讨好她，说她长得好看，又左一下右一下拍照，这下她笑了笑，笑得好好看。

她不出去，她现在是这么说的，也许出去，像她的姐姐，也许像她的妈。

她长得像妈，或许将来嫁的人比她爹强，这样她也许过得好些。现在，还是让她编她的彩色线吧。雨还在下，看上去有落一整天的意思……

今晨，
引体向上的
时候，天空
有
三 只 鸟
飞过

屋 顶 上 的 杂 记

一

几十户人家共一个屋顶，一个做成了屋顶植物园的屋顶，自然就生出杂七杂八的琐事。

几十户人家共一个屋顶，几十户人家各有各的老爹娘。

老瓜的老爹是我在屋顶上见得较多一点的老爹。原因很简单，楼有十二层，六楼以下的居民闲时去楼下的多，因为楼下种的植物多，地方也大得多，六楼以上的人才偶尔上楼顶来，他们来楼顶，嘴巴上可以叼一支纸烟，仿佛屋里的烟筒安在嘴巴上，时见炊烟袅袅。眼目可以看楼顶各色花木。投目随便一望远处，可以望到城市这灰色的大饼现而今摊到了哪一个地方。

老瓜的老爹上楼就做这些事。第一次看到他，他一边抽烟，一边打一双赤脚踩卵石。互通姓名之后就是熟人，熟了以后他就问我："你种这么多花做么子？"我回他一句普通的话："空气好些撒。"

"空气好又不在你屋里，你闻几多？"我看他这样说，只好笑一笑。四目一相对，发现他是在可怜我，与我对他存的是同样一份心思。想教育开导对方，却又在琢磨有没有这种必要。就是有必要，也要翻出一些老话来讲，累死人也解决不了，小问题下躲着大问题，两人都收了口。过了几日几星期就忘了。

又过了几日几月，又见到他，他向我要菖蒲，种到西头的水池里去，因为他的儿子为他买了几条肥实的大金鱼放在池子里游。

后来的后来，水池里的小太湖石上倒扣着两个方便面的盒子，一个种着一莞月季苗苗，一个种着一莞小小的天竺葵，盒子底部是镂空的，泥巴团在石头上，很省事的样子。我没有见到这老爹，一问，知道已经回自己的家里去了，他是来做客的。老爹走了，他的那莞天竺葵却在这段时间里抓紧开出一朵小小的花来……

二

我种的花既多，碰运气开得又好，来屋顶种花的人就公认我懂栽培技术，可以做专家。这年头，专家比较多，就像外头做经理的遍地都是，所以我也就专家起来。

这个专家说，牛屎很好，可以用来肥花，可惜搞不到。隔壁邹爹就说："那我们每天屙一兜屎上来。"

"你的屎没有牛屎那么多的纤维。"专家说。"那我们就改吃纤维。"这些话由他讲来笑死人，他却一点也不肯笑，真是个小气鬼。

东头墙上的爬壁藤爬满了，西向的藤还在写大字一样地长，长相极为优雅。冬天叶子一落，字体益发瘦劲。专家喊邹爹看壁上的字。邹爹对专家说："干脆，要它写'邹爹你好'算了。"

爬壁藤越长越来神，邹爹也就越发来神，好像壁上真的写着"邹爹你好"一样。

"数九那阵寒天下大雪，天气那个寒冷咱心里热……"
接下来，我的花这样唱。碰上一个春天，多来稀来多索
对着冬天来，胜利的消息要传开，要传开……

"胜利"的消息有个动作是 ✌
即是victory的头个字母"V"，
用古湘的话说就是"好消息"！

好 消 息！

好
消
息：

好 消 息！

好 消 息：

九九第八日　古历二月十二日春分

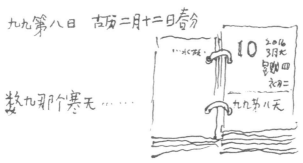

数九那个寒无……

是"数九那个寒天"还是"九九那个寒天"呢？
应当是前者，一首老歌开始唱"数九那个寒天下大雪，
""……"
　今日是九九第八天，天下起了雪，绵软的一朵朵的
雪

雪
一会儿，这花
又变成雨点，

看到雪花的
亨利梅说，幸好我在内阳
台，幸好看到雪雪风……

葛巷兰小疯婆子说，如果我
不疯一点，照样不晓得雪花
这样开的咧！

早 起 所 见

不同的时候遇见不同的人。

六点钟左右，在楼顶可以看到高桥市场密集的楼顶。细看一眼那些屋顶，有一位在固定的时间，固定地重复一种动作的老人。他的动作显然受到限制，但总在坚持。

六点之前，就可以看到社里那位中过风，手脚动作失去平衡的老职工。他只在外坪和银杏树前活动。

康医生，懂瑜伽，起得更早。起初爱在东头牵牛花架前练功。今天看到她在西头做操，大约是回避东头的黄蜂。

六点后，可见王娭毑，王娭毑是女孩叮咚的娭毑，喜欢在楼顶中间的空地做操，做操必备随身听；喜欢听广播，一边听一面活动，完了开始散步，也是人走到哪里，广播的声音跟到哪里。如果你想听天籁，那就要错开一下去花园的时间。

六点半，你可以看得到早起的多个老人，但年轻的人只看到他一个。每次都在固定的去美术馆的石阶上，读完从传达室拿来的当日刊物报纸，然后提着一个食盒去外面买早点。

想去爬石梯阶，要等他把杂志看完才好意思。幸好，他并不用看一个早晨。

汤木里和我

一

汤木里是我的忘年交，五岁。

他四岁多一点的时候才来认我这个朋友，而我早就注意到他：细眼睛，大嘴巴，很威武的个子和动作，很迟才开口说话；会笑，一笑就禁不住，要把脖子缩到颈根里去，身子蜷成一团。

我们两个人大概都不喜欢幼儿园，所以很谈得来；又都对吃东西相当爱好；还有一点，都知道那个"平价商场"在什么地方。

他会在有机会同他的妈妈来"上班"的时候，跑到我的办公室来，有时用手从背后扯扯我的衣服，后来就干脆用手点点我，在过道里大声说："喂，你！"

这种时候，我们俩都非常快活。他站在椅子上和我聊天，这样做不完全是为了"交流"方便，而是一边讲话，一边可以照顾他放在桌子上的巧克力豆。它们滚过来滚过去，总是不那么老实地去到他的嘴巴里。

二

我们谈到机器人和变形怪物，给它们编出无数好玩的故事。我们都不喜欢教室，在那里什么都不可以做——不可以说话，不可以玩东西。他不喜欢他的阿姨，说她打他，又站在椅子上用胖小手"吧唧"一下刮自己的脸，"描写"阿姨打他的样子。我非常同情他，也同情他要把阿姨扔到便池里去的设计。

巧克力豆很快安置完毕，而我们还意犹未尽，于是决定"下班"。

这种时候，他的母亲会在办公室或者在过道的另一端追过来嘱咐:"不要给他买东西!"这反而更提醒了他,可吃的东西有很多,——在平价商场对我们招手似的。他把身子挂到我的胳膊上,开始脚不点地地小跑。

三

平价商场是我们回家路线上最起眼的地方,一点也不假。那里门口有卖鲜花的女孩,有五花八门的东西可供我们观赏,我们可以在食物陈列架的过道里窜来窜去,然后拣自己想要的"零嘴儿",心满意足地出来。

可是,那位妈妈的话也不能不听的,怎么办呢?比方说,吃了零食,肚子万一痛起来,怎么办?不想吃饭了,怎么办?不准接受礼物,怎么办?

汤木里不愧是汤木里。

他说:"废物反正要变成大便屙出去的,冰激凌也会变成尿屙出去。"
"肚子要痛的。"我说。
"你买真货,不要买假货。真货吃了不会肚子痛。你知不知道真货?"
汤木里伸出食指来指点我。

"我尽量知道吧。吃饭的问题怎么办？妈妈做的饭你怎么办？"我要为难他。

"我就很快去到桌子那里，很快扒饭。"他说。

这当然不愧是一个好主意，他坚定了我们毅然走进平价商场的决心。

四

我当只有我这种人，兜里揣着足够买食物的钱，会在这种场地去找快乐呢，汤木里真是我的知心朋友，他一边在货架上找出"经验"，然后去挑"好奇"。我们真是投机！他非常流畅地念着很流行式样的广告词，一边准确地找到他的第一中意：果奶。然后他告诉我："这个，里面有'翻斗乐'。"又指着"旺仔小馒头"说："这个怎么样？"

"大礼包吧，又好吃又好玩的。"他非常高兴，"大礼包"里有"变形金刚"的小盒子。

"那，这个放回去吧。"他把"旺仔"放回架子上，很知足的样子。

五

然后，我们凯旋，我们还买了一袋子小胡椒饼、一小盒子薄荷糖、一袋台湾新产的松子、一袋葵花子仁……

在路上，我们就开始吸果奶。他吸一口，眼睛眯成一条缝，然后再吸一口。"好吃吧？是真货吧？"

"哈，真是好香、好甜咧！你真是个里手呐！"我说，"看来是真的果奶！不过你怎么把这个礼包带回去？"

"我要把它们全部吃光，只拿'变形金刚'回家！"他豪迈极了。"不要，不要，还是我去同你妈妈说去，咱们把它带回去慢慢儿吃吧！"

六

还没到家咧，我们的奶喝光了。他把小瓶一扔。"你不可以把东西随便扔在地下的，多脏啊！""地上是乱七八糟的！"他抬头看看我说。"那也不行，再扔不就成了垃圾堆嘛！""扔沟里行吗？""也不行，只能扔到垃圾箱里的。""那好吧。"

接下来，我们更热闹了，我们遇到我们的另一个好朋友振振。汤木里有了振振，就不要我了。他们一起在家里玩。

家里那只京巴狗见了两个小孩就高兴得发癫，赶紧趁机乱坨㉕，在我卧室门口撒了一泡尿，弄得我好忙乎。

七

两个小孩，一只狗，真是一支精锐部队。
不久，我就让他们吃午饭。两个人表现得真是乖，吃得很卖力，但是他们对我做的饭菜却没有什么评价。

"我可是要午睡了，你们不会吵我吧？"我对他们说。

他们当然非常懂事，都说不闹。果然不大闹，只是不断扯皮，一会儿将这个门打开，一会儿将那个门关上，最后，走掉一位。

八

这下子汤木里有事做了，他每隔一会儿进来用手搔我的头，叫一句："喂，你有没有醒来？"

我只好再往被子里钻一点。"我也要睡。"他说。

既如此，我只好爬起来给他脱衣。他像个小肉虫子一样钻进来，一会儿将脚搁到我的肚皮上，一会儿爬到我身上，最后像将军骑马一样干脆坐在我身上了。

"喂，汤木里，你到底睡不睡？""我是要起来，我自己会穿衣服咧！""行了，你一会儿要睡觉，一会儿又要起来，一会儿脱衣服，一会儿穿衣服！"我数落他。

他笑起来，脖子缩进去。"嘿嘿嘿，一会儿睡觉，一会儿不睡觉，我可能是疯了！"他说，然后抱住我的脸，用湿乎乎的小嘴巴亲一亲我，将清鼻涕亲到我的脸上。

九

一刹那，我又恢复了年轻时做妈妈的感觉，我幸福透了！

哎，汤木里小疯子，我喜欢你！

叮

叮

哪

哪

茂 盛 的 一 天

一

小玖玖今天穿一件绿汗衫，像一颗绿豆子。

"你是一颗绿豆子，还是一条小青虫呢？你选择。"我说。

"我选择做花。"小孩子说。

"山奶奶也穿绿衣裳，她像什么咧？"

"一个垃圾箱。"小孩说。

"茂盛的一天。"小玖玖说。我的心里就是这样的。

四岁的小屁孩从电视人物那里听到"茂盛的××"，很特别地使用了它。

"老是哭，你是个男孩子咧！"

"是男孩子又怎么样？"

"男孩不随便哭。"

"那大人射箭还哭咧？"

"人家是奥运赢了金牌激动。"

"什么是激动？"

二

“你喝这盒有机奶吗？”

“为什么是有鸡奶，没有鸭？”

“是啊，为什么呢，应当是有鸡有鸭有鱼奶什么什么的才是。”

“你猜，这两盒奶哪一盒是我喝的，哪一盒是你喝的？”

“那还不容易，吸管被老鼠咬扁的是谁的？”

“现在你再猜！”

“不用猜了，你把我的吸管咬扁了。”

“现在你再猜！”

“不用猜，你把我的吸管换了……”

“再猜，不许看！”

“不用看，一猜就中，请摇一摇盒子，里面有东西晃呀晃的是谁的？”

“嘿嘿嘿嘿……”

“现在知道谁是奶奶，谁是孙子了吧。你做不了我的奶奶，只好让我做吧。”

六

风行水上

美在自然而然
无有造作

风行水上，很美。

美在自然而然，无有造作。

我特喜欢来得自然。来得自然的感觉好似口哨一声，风来一阵，真是快意。小孩子在夏日夜里庭院纳凉，风来了，快意。无风就会有人祈愿，接下来有一声口哨，小孩子就会静候那一声口哨后的风……

我喜欢上了一个"渐"字。

"苔痕上阶绿，草色入帘青"就是一个"渐"字，"桃李无言，下自成蹊"也是"渐"，"有客不来过夜半，闲敲棋子落灯花"还是"渐"。好有美感，自然而然的物事呈现，好美。

平正

正，是什么？正，是平正。

内心平和就有正见。

在自然界，水平线是正线，是人行为垂直线的横向坐标系。

可惜人的行为很多情况下是漂浮的，所以并无所谓正见，所以需要审视，需要参照物。"今日之我不惜与昨日之我战"，是智慧。"今日之我欲与昨日之我和"，难道不是一种思路的另一个方面？

"战"是一种否定，"和"是否定之否定，两种态度都来源于自我审视的正见，才能使自己的思想和生活日新日日新。

内心是小世界，自然是大千世界。

我们什么时候真正懂得人和自然的关系，什么时候才能找到自己的地平线，什么时候才会有正见，才会有安宁平和的心境。

天地之间
浑然一律
力中总有
無尽美
感

本 末

一横收藏在木之下，故成本字；

一横发散在木之上，故成末字。

区以别，犹言明以白也，只要看草木便知本末，是一是二，自明白矣。

人的根本是那一撇一捺，撇在哪里，捺在哪里，那根就在那下面，和草木差不多。

快意的根本是什么？快意的根本是不知、不生计较。不知计较时，根长得像胡须一样。

恩　赐

简朴是恩赐，是叫人得自由的恩赐，
是叫你回到你应有的地步之恩赐。

简朴的内在素质，一种内在的、真实的、完整的
生命，丰盈的、饱满的和纯洁的、自然的和真
诚的状态。

简朴是自由。重复是枷锁。简朴带来喜乐与平衡。
重复带来焦虑与恐惧。

涂鸦

一

书写有雨过天晴的快感。

风是好的，风摧枯拉朽。

但是枯叶不朽地挂在树梢。

枝头并不觉得什么，但风吹叶落之后，看一地珍贵的叶子，心中震撼，一片叶子，一种时间，岁华摇落，不免又劝风慢些子摇，雨也均一点子落，要那些红叶黄叶都变成一个个的宇宙，在我的本子里。

谢谢你们，去年的叶子，去年的时光。

我只是不知道如何留得住那些美好。

二

人最开始的书写是涂鸦，率意而为，有一种率性的自由。

随着涂鸦，心灵的感受和无意识的东西就倾泻而成一种不可以解读的神秘意象，充满原始的魅力。及长，人被要求学习文化，开始接受教育和规范的书写，最开始描红，然后是各式各样的格子：米字格、田字格、口字格，各种大小。

人喜欢自由书写，但所有的自由只能在格子中间做，如果不幸做了文人，或者是与文化有关的别的什么人，那常在格子里爬就会是一辈子的事，自由的意义才有可能在从此格到彼格的过程中延伸，靠文字表面的和内部隐含的力量爬行。

三

自由就是这么一种东西。一张白纸，没有格子，书写有了小范围的自由；一块土地，没有规矩，可以书写得更自由。此时的书写是一种行为、一种空间。另一空间，书写为三维空间，这种书写是行为的艺术。

还有多维的书写，需要更有力的书写，凡人达不到。即便如此，对艺术家来说，行为的艺术、空间和时间结合的艺术是一种基本的东西，没有这种艺术的实践，落在直面和任何平面上的书写都是空洞的、没有意思的印痕。

自由的书写必得经由不自在方能抵达。在这漫长的过程中，书写的力量慢慢形成。

2009.1.

走迷宫   2009,既
然一开始就这么热
热闹闹,那么,干脆
就热闹一番

有表情
的枪!

他大刚瞄惊已
放镜瞄我自奇
睛我文己不

CWF

WC➡

箭头所指
和字母标
志的处所
是反"C"字,
这侧所还
上不上?

↑还不如写"开门
见喉咙"

↑铅笔头制成了
火箭,牙刷毛

这个喜欢玩"走迷宫"的人用
初用钢笔时新奇的神情在
我这页自鸣得意地设计四周
填空,我的自主空间一下子就
被他占去了一半以上……

重返

一

一条河，经由积水、小溪、小涧、小河，汇入大江。奔流入海的过程是壮大的过程，是融入大世界的过程。它不能停留，更不可能重返。

重返是什么？重返是一种精神，一种追根溯源，穷其志去保护根本、壮大根本的精神。重返是流连，流连之后的前行有种曲折的美。重返是做根本的事情，而根本是心思生发的地方。

根器、根心、根苗，想想，想想这些词儿的来历，不全都是大自然恩赐的吗？不管是什么植物，在自然界中都是好的，都在许可条件下争取生发和壮大，欣欣向荣。

所有的枝叶、花朵、果实，全是好根努力的结果。好根出好苗。自然界如此，人也如此。

人的根好，就能栽得起好心思。

二

我们做重返的工作，就是做人回返童年的工作，是护理根本。

重返是去记忆中淘好东西。记忆是一个人的仓库，里面放有许多东西，有优有劣，有能力的人会在重返中找到宝贵的东西。

人是一种趋利的动物。

人在趋利的时候，心思会很浑浊，浑浊的心思怎能长出清新呢？清和新都是安静中得来的。人在行动时总是匆忙，无暇回首，更无心重返，于是记忆会舍他而去。

到他意欲重返时，连仓库的门钥匙都没有了，找不着了。

这是一种悲哀。

三

跟小孩相处，会让我看到我的童年。

童年有许多永远让我珍惜和守护的东西，所以借着我身边的孩子，我有机会重返童年，有机会知道那些需得重点保护，而成人往往会忽视的东西，并着手做点麦田守望者的工作，从一点点身边的小事做起，从一个个的作品中做起。我觉得这种事做起来非常有趣，非常有意思。

这些事会让过去和未来之间有了一个通道。对于"过去"，我们通常有一种依稀如梦的感觉，过去的从眼前走过，我们只能看到一个亲切的背影，我们的祖辈、父辈都是这种背影，亲切中不免有几分悲凉的欢喜。

看未来又不一样，未来像孩子，正蹒跚向我们走来，带着我们现在的印记。我们看到盈盈的笑意，一派天真的。我们看到的脸色是未来的脸色。如果借助孩子，我们看未来就容易看到生动，就会满心欢喜。

四

生命何等可贵，在过去和未来之间作为一座桥的人们是何等荣幸，何等幸福。

我就是这样的快乐者和幸福者。时间也就如同飘香的花树，每天会开出一朵新奇的花来。

我顶喜欢種子和種植的概念，我想我要选我喜欢的種，最美好的语言去撒種，我希望它们带给我力量和勇气。

不一样的生命向往不一样的自然

一

星野道夫在他的《漫长的旅途中》里说："因为向往阿拉斯加的大自然而来到这里，原本像无根蓬草般旅行的我，也建立了家庭，成了父亲。"

我向往的只是明丽，所以我居住在明丽里，紫藤花香，扁豆花？是一样的明丽。不一样的生命向往不一样的自然。

也有人喜欢对立的东西，对立如同色彩是一种既刺激又和谐的关系，而和谐能否达成取决于对立的双方谦虚的程度。平衡在力学的原理上是作用力，这个原理用在绘事上很美妙，而在具象的生活中那是另一番景象。

人和人之间的平衡方式花样多多，人和自然那更是悬殊的对照，你不能将适应了它错认为是征服了它，不可能，绝对不可以这样想或者这样去做。你想，自然发个脾气，那会怎么样？有不可逆的存在，对不对？

二

每当白桦树叶被风吹得沙沙作响时，他就会向外张望。在那一瞬间，我不由自主地感觉到孩子的那双眼睛里，传达出的向往无关父母，仅仅是纯粹身为"人"而展现出的生命力。（这种想法源自纪伯伦的诗，那诗是这样的：你的孩子其实不是你的孩子 / 他们是"生命"对它自身的渴慕所生的孩子 / 他们经你而生，却非因你而来 / 他们与你同在，却并不属于你 / 你可以给他们你的爱，却非你的思想 / 因为他们自己有自己的思想 / 你可以庇护的是他们的身体，而不是他们的灵魂 / 因为他们的灵魂属于明天，属于你做梦也无法到达的明天。）

最令人难以忘怀的，应当是我们不在意的"时间"吧。那种无关乎过去或是未来，只在乎眼前片刻，无法再重新拾回的时光。

三

汪曾祺说："人要朴素，又要高贵。"

朴素是什么？朴素就是草根。高贵从何而来？从精神高度，从神那里来。贵族精神本质上是一种敢于担当的精神，今天所说的牺牲精神，这种精神称之为"贵"，非富贵之贵。草根是质朴的、自然的，草根精神即是人对朴素的、质朴的、自然的生存态度与方式的认同精神。

退了休，就像和尚还了俗。没有寺院、没有
了规矩的和尚如果不自在，那就是个假和
尚，至少，手里还捧着个规矩，桶底还没有
脱落。我的桶底是什么？它在还是不在？

雨下起来，池子里的水就生动起来，只要你
不看那池子的边沿，它就与山塘的水一样流
动起来，当然，你愿意这样看的话。

有物沉下去，有物浮上来，沉下去是水的
恩赐，浮上来的也是，虽说沉浮一类的现
象在特定环境中是件严肃的事情，若等闲
看它，就觉得自然而然，另有意味。

跑　气

老何画画有味，那味是文人味加外行味。文字，老何那里文字调变下不得地，画画用笔时又懂又不懂。又懂又不懂但很热情，所以就出一种味，文人画里的拙味就如老何琢磨着发露了。此种发露是强过了许多职业画家的。

　　一个艺术家，什么事最重要。我看，不随便跑气最重要这一点家庭"煮妇"都晓得，因为气是精气，精气是涵养得来的，人一辈子要保守的。"煮妇"们说

"煮饭時不要随便揭锅盖",说"一揭三灶火",又说"揭早了氣,饭不得熟"。者陌说不能了随便让走氣"。这里的道理是最原始的,懂此可懂其他。

随便跑氣的都是性急的,但世间事哪一件是性急一下就急到熨帖的?

画有格调,格调高低美丑是那所发氣的人有高低美丑。芝兰之室发芝兰之氣,茅厕坑里发臭气,这是村夫农妇、引车卖浆者都省得的事。

但是,世间事总是有很多的"但是"的,想起这些总有些好笑,于是哑然失笑。

互相寻找

一

事物和事物总会互相寻找。

一只鞋找另一只鞋，一双鞋找它的源头，针针线线密密缝制，它们也会思念它们的源头吧，会思念它们最原始的形态吧，是会怀念那些把它们从各式各样生存环境中带到不同地方的经历吧，也是日行千里的吧。要不，为什么我看它们的时候总是想案头上的山水，而看到山水的时候总会看到案头咧！

二

文字文字我爱你，就像老鼠爱大米。文字是携带生命消息的种子，字就是种子，我写字像拣种子。

种子很多，我用的却不多。我习惯选自己词
典中收藏的字，我收藏的字带有浓厚的自我
意识。所以，拣出来的都有某种记号。

三

有关联的事物像一些漂浮物，它们互相寻找。
有些组合有用，有些组合莫名其妙，各有各
的妙。

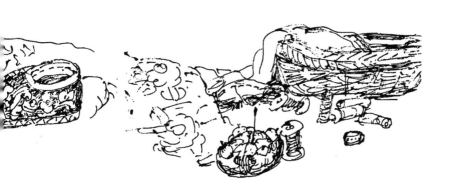

种棵白菜当花看

凡事都可以从不同的角度去看。低看事物，事物很谦卑，把你抬高了。这其实是一种观看的游戏。

古人为什么说"仰看兰若与天齐"，因为古人懂游戏，大千世界，谁都在观看，同时也在被观看。事物的高低尊卑感是人自己在那里高高低低自以为是的结果。人写出"狗尾巴草比天高"时是一种什么情绪对于狗尾巴草一点也不重要，它生活在很简单的道理里面。

且苇都可以让人人不同的角度
去看。纸者事物，都物很难事
把你抬高了。其实是一种又见着
的拉戏方式。不定以说，古人
为基么说，"仰看菌若与天齐"，
因为在人生望捉戏，大于世界，
谁都在又见着，同时也在被发现
着，事物的为纸草单感足人们
在那里寺之望之何以为足的人足
出为句属巴草比天高"附足一子什
么情绪对于狗尾巴草一点也不重
要，它生活在很简单的道理里面。

一

我情愿把生活识为艺术，我们用审美的眼
光去看待生活的时候，生活才更像是生活。

自在地被"看到"，是看的人，在看的时候，
刚刚好有一种可以与之相通的"自在"的
缘故。"相看两不厌"则是相看的最高境界。

让清新照着清新，简朴是农耕文明的原点。

感动不断积累，可以充实我们的内在，促
进人格的成长。新鲜和惊讶，对未来的期待，
是人类进步成长的一大动力。

二

远离自己内心的东西没有用，能够催生意
识的是人的真心。

抱团是一种不自信。散兵，游勇，散兵游
勇里有侠的精神。

孤独，孤独里是骄傲，是自由的变化，
是美的不可言说。

认识到了心灵的快乐和体验到纯粹的快
乐之后，人才会变成另一个人。

他白天
想 不 出
这样
子坐是 想
什么？ 看

源头活水

一

在受到严重污染的环境中，文字不能幸免，找源头活水是亲近文字的好办法，越往上溯，年代越久远，你越能看到干净的东西。

可我生活在现在，不可能不接触当下的文字，所以得有一种本事，有过滤掉有害物质的本事。

长时间亲近源头活水就可以练就这种本事，让人能在污秽处看出什么，这是本事之一。污秽可以做肥料，上面可以种植清新。

二

眼睛可以称作最清澈的感官，通过它最容易传达事物，但是内在的感官比它更清澈，通过语言，事物最完善最迅速地传达给内在的感官。因为语言是真能开花结果的，而眼睛看到的东西，是外在的，对我们并不产生那么深刻的影响。

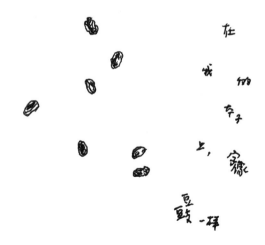

哦

好像比较酸味

喜欢

我

喜

欢 豆豉

炒豆
鼓

辣椒

俗得有味

三

写生式日记有现场感，没有文字修饰，书写也很自在。

书写是发宝气，宝里宝气；书写是自己与自己周旋；书写是留住可爱的时光。

夏天听点风凉话会不会凉快凉快？

冬天听麻辣话会不会就不用烤火？

四

如果听信眼睛去完全感知事物会是怎样？比如说只凭视觉去看一堆牛粪和一堆土，两者没有什么不一样，色彩倾向有区别，这样看事物与区别事物会更接近事物本质。

已经习惯了的东西想改变它很难，人的惯性会设置许多障碍，不能驾轻就熟地走路，而用焕然一新的眼光去看世界，更有意味。那么怎样才能具备这种能力？

任何事物都致力成为它自己

一

当我们真正处于内在的简朴时，我们整个外貌都变得更直率，更自然。这种真正的简朴，使我们感觉到某种开朗、温柔、天真、欢乐、宁静。当我们用清亮的眼睛接近它，并且继续不断地观看之时，它实在可爱。

二

今晨坐南窗下，写字看书，风送来的气息中有说不清的香气。不经心就感觉到有些微恬适。仔细去体会，它又忽地没了，凉凉地来，凉凉地去，是自然的一呼一吸。

积淀成一种简净，走出去。

石头缝子里有草，钻出来是时间帮了忙。石头尚有空子可长草，其他的空间更有可能滋养新事物。

三

语言和文字是对孤独最有效的对抗，人们用它们构筑各式各样的船只去抵达理想。

不要讥笑，不要哭泣，不要诅咒，而要理解。

四

渴望的本质是需要，与需要物的本身好坏无关。
任何事物，如果能给自己带来活动的能量，它就是一种愉悦。
情感的满足就是愉快，相反就是不快。
任何事物都致力成为它自己，这是对造物的最高赞美。

五

人生的目的性很明确，令人生如同弦上之箭，一经射出，绝无返回的可能。故乡故土为一箭在弦的人生，始终温暖、厚道而谦卑地做了一种推动。

水呀，流到平远的地方就平远着，平和的水绕山绕屋地流，人就会很美气。土地因水而润而慈，所以垂柳依依，人也依依。

人生就是在不断地出离，出离是生命的本相。

六

生命之所以千姿百态，是因为生命本性中存在不知其所以然的无止境、奋发向上的精神，这是与其同处的环境摩擦的结果。这种精神受自然的和超自然的力的激发。

这里面实在有许多的奥秘，生命本身也不能揭示完整。

时间在他处，是物理计量；在自我，是生命计量。生命的时间，在艺术的眼光中，是一种觉悟，美的自觉，悟到时间苍茫的真面目，生命多一份高远的神秘感。

人想大的时候，马上就小下去了；人想小的时候，其实就大了起来。我的"人和花"系列，实际上画的就是大与小，画的是大与小的哲理。

七

一切的见，皆因有光。

一切的识，亦皆因有光。当所见的光点亮了心灵的光的时候，两种光源变成了照亮人的思想和行为的光。

万物在光的笼罩中，无穷尽地变化，唯此世间无比丰富。

放下理性，禅宗主张如此，在我的理解中，是要我们去除遮蔽，恢复感觉，恢复淳朴。因为很多情况下，我们笑，已不是在笑，另有东西加入；我们吃喝，也不是吃和喝，也混入了知性和智性了。

八

侘寂之美是一种事物不完美、非永存和未完成之美。审慎和谦逊，不依常规的随性。重要内涵是拯救。从物质主义的文化氛围中解放出来，有独立精神地了解那些深沉、多面向、难以琢磨的文化。

你 说 好 ， 那 就 是 好

松居直先生说："你说好，那就是好。"

这话的意思是什么？

我对沛老倌说，一万粒种子中尚有一粒能超过母本，你不能说你不可能是这万分之一。问题是你如何知道你"是"或"不是"，或者通过"不是"否定"是"。如此的非此即彼，倒不如选择"我是"。你说"是"的时候，那万分之一的可能就被召唤着了。这是生命积极的一面，需要保护。松居直当年与我谈话的意思不就浮现了吗？

冷水泡茶，时间是冷还是热？

贾岛叹诗句的出现是"二句三年得，一吟双泪流"，可见由心而得的东西既难又好。

九日

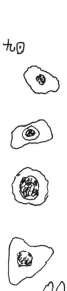

草有一万种不同的品种

语言是进化物吗？它有多大的繁殖能力？

←仙人柱（？）

进化论说植物进化了5亿年。让我们致敬吧！

一万粒种中有一颗能比同年长寿，十年长5厘米，100年才能长十米。听一听，有一粒……

芬芳，会彼此拜访

一

芬芳的事物是一种通道。

可亲可敬，散发温暖清新之气的人，有温厚善良的本性的人一定充满情味。

美的本质具有神性，只要你发现人生的美好，上帝便会与你同在。

二

清早是一天的春分，从六点开始，那时醒来，和自然的节拍统一。此时，你亲近自然，亲近植物，刚好它们也在那时苏醒。你同植物一同醒来，怎么会不舒服？

每天几分钟，什么都不要说，只要默默地感谢生活，让精神门洞打开，任何时候。

用最简单的方式，最自然的语言。

每日重复次数越多，幸福离你越近。无须提问，只要感恩。

干快乐的事，当然快乐，培养快乐的习惯就
会创造快乐。

三

雨天里适合读书，适合写字。字也学会了雨
的样子，一坨坨地来。

四

新是什么？
新是一种新意。
新意，我非常想要找到它们。
我想，它们如果像春天里的花木那样
清新地来，
结伴而来。
那样有多好。

五

春天的楼顶，一切植物，一切存在都在发表独立宣言，闹闹嚷嚷，热气腾腾。你不能做太多干涉，你尊重独立精神，你会看到它们做出一种很有秩序的安排，上场下场，优胜劣汰，看不出颓唐和灰败。

自然的美总是让人感觉不到丑，或说自然就不能用美和丑去鉴定，美和丑是人的观念。

六

我的感觉与落在纸上、布面上的颜色变成形状，生长起来，流动起来，行于其不得不行，止乎其不可不止。这中间有意思，有机遇，我喜欢与偶然相遇的感觉。

那种感觉是用智性的双臂拥抱神来的机遇，行云流水，风行水上，不期而然。

七

纸不反对笔做事，因为笔喜欢做事，纸也喜欢。

笔浮在纸上写它的字，它喜欢写写停停，有点奢侈地留着空。

"空"是"间"，间隙，行动之间的留白；"空"就是"无"，无的好处，哲学拿它没有办法。

八

我希望我的艺术让人感到希望。希望是关不住、压不倒、撑不垮的。它是有生命力的种子，它会等待，会发芽，会壮大。

我们脚下的土地，古老而神奇，你不知道哪里会长出一种什么样的倔强……

一切朴素和丰富是地里长出来的东西。你可以怀疑一切，你不能怀疑土地。

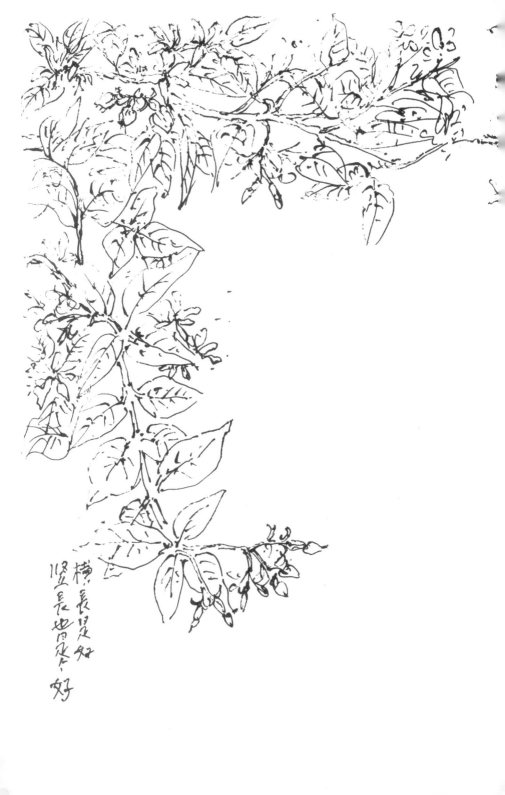

横長是好
縦長也見見好
好

文字坐在施枝下，
坐在春风里,想必是舒适
不过的了。
它们什么都不想，
什么都不要做。
就这样子端坐闻香
闻着闻着,它就变成
一丛花草了

不要惊动它，种到土里面

一

一切都是光，光即能量。

活出爱，即是说：请你发光。

生命能量千姿百态，那些健康积极能量可以带来喜感和乐感。

据说有些能量具有惊人的提升作用，接通生活的能量坊真是大幸福。

印度诗人卡比尔称此为"被光充满"，人可以用内在之眼看到它，它们是明亮的光。

二

感动不断积累可以充实我们的内在，促进人格的成长。内心的充实感，对未来的期待，是人类成长的一大动力。

画自己最有感觉的东西。

三

人的感觉有天赋的成分，也是后天修为的成果。感觉有时靠不住，只有对客观事物有了深刻的认识时，才能更强烈地感觉它，这是真的。

四

一只白肚皮鸟从草坪中掠过，身影婀娜。这只叫小豹生的狗仔已经长大，它赶着去追那只鸟，也是闪电一般。

每个地方都有一种自己的特别，你能发现特别等于发现你自己。

每个季节，每个早晨和黄昏都是不一样的。你发现了不一样，那一瞬间就发现了世界。

秋末真丰盛，这种丰盛我遇见过多少？错过多少？

五

时光是一种包浆，它使它的每件作品熠熠生辉。

不可言说的、流动的是美。

你只能感而受之，不要惊动它。

你若是开口，它就惊飞了。你若是描绘它，解释它，它就没有了活力。

六

有一本绘本的主人公叫阿福，它是一只田鼠。

田鼠阿福认为阳光和文字都是值得收藏的。我觉得它太懂收藏了，虽然它只是一只田鼠。

收藏阳光的方法有很多种，我觉得适合我的方式是用颜色去记录阳光，用种植去收藏阳光，然后用文字把它们穿起来。

七

植物生长得到基本条件都会很努力，欣欣然。

它们会有各种表达，你照顾它们，它们一样关照你。你喜欢它们，它们真的喜欢你。它们真的有感觉，这是搞科学的人说的。

你把意义当成一粒种子，种到土里面，它自己就会生出根来。

你把意义当成一粒种子种到土里面，

只要它生出根来就好。

附

一 点 话 脚 子

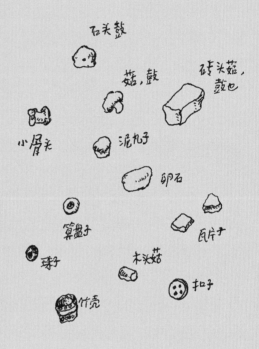

文内方言略作解如下。这些方言与儿时的记忆、民间鲜活的气息，还有我的"一日三，三日九"熨熨帖帖在一起，不忍让它们分开。有些词、字只得谐音，已不可考，带有自己的理解。希望它们不要给大家添乱子，而是带来额外的小快乐。

① **熨帖**：指妥帖。将这两个字重叠起来，"熨熨帖帖"，形容办事办得好，理得顺，自在。

———————————

② **里手**：行家，内行。

———————————

③ **菇头菇**：即菇头。长沙方言里把圆形的事物后加个"gū"音，我取"菇"，小可爱。有人说是"鼓"，圆鼓鼓，鼓出来。我感觉"鼓"有动静，亦有味。例如，拳头鼓（拳头）、膝头鼓（膝盖）、石头鼓（石头）、砖头鼓（砖头）。还有人说是"股"，他示意我把手指捏在一起，一股绳，拳头股。

———————————

④ **白眼字**：即错别字。

———————————

⑤ **墨墨黑**：黑漆漆。

———————————

⑥ **搞砣数不清**：弄不明白。

⑦ **策**：长沙人使用频率相当高的词，含义较多。包括调侃，即用言语戏弄、嘲笑；谈话、闲谈；形容某人话多。如，一个人能说会道，我们称之为"策神"；某人不好打交道、挑剔等，都可以归结为"策"。此处字面意为"鞭策"，亦有"策"的以上种种意味。

⑧ **酒药子**：用于酿酒的酒曲，用植物做成。

⑨ **壳子**：硬硬的称为"壳子"，如，箬笠壳子（箬笠斗笠）、信壳子（信封）、硬壳子纸（纸板）。

⑩ **刮瘦**：精瘦，瘦削，指非常瘦。

⑪ **拱**：冒、钻。朝外、向上用力。此处"拱出来"的意思为冒出来。

⑫ **样范**：模样，样子。

⑬ **巧口**：糯米煮熟捣成面，擀薄，铺上薄薄的花生泥或者染红的糯米粉，卷条，切片，晒干。吃时用茶油一炸，雪白带着红圈儿，香脆可口。过年时，与红薯片、花生等装盘待客。

⑭ **衬壳子**：用碎布或旧布加衬纸裱成的厚片。

⑮ **补疤**：即补丁。

⑯ **灵放**：即机灵。

⑰ **宝气**：即傻气。宝，混沌、傻的意思。发宝气，发傻的意思。

⑱ **翁妈**：妈妈，类似儿语"妈咪"。

⑲ **蔑黑**：极黑。

⑳ **细人**：细伢子，小孩。

㉑ **斜点丫子**：邪一点，粗痞一点，类似现在人说"浑一点"的意思。

㉒ **亮壳子**：灯笼。

㉓ **扮桶**：扮禾桶的简称，打稻谷用的农具，木头做成。

㉔ **拍青菜**：给菜地浇水叫"拍"。

㉕ **乱坨**：打破常规，不按套路，此处为捣乱的意思。

说明：文内手写体出自作者手稿，为展现手稿原貌，手写体未做修改。

图书在版编目（CIP）数据

一蔸雨水一蔸禾 / 蔡皋著 . -- 长沙：湖南文艺出版社，2024.5
ISBN 978-7-5726-1690-7

Ⅰ . ①一… Ⅱ . ①蔡… Ⅲ . ①散文集—中国—当代 Ⅳ . ① I267

中国国家版本馆 CIP 数据核字（2024）第 051831 号

上架建议：畅销·名家散文

YI DOU YUSHUI YI DOU HE
一蔸雨水一蔸禾

著　　者：蔡　皋
出 版 人：陈新文
责任编辑：张子霏
监　　制：李　炜　张苗苗　文赛峰
策划编辑：文赛峰
特约编辑：胡碧月　焦玲玲
营销编辑：付　佳　杨　朔
封面设计：利　锐
版式设计：肖睿子
封面插图：蔡　皋
内文插图：蔡　皋
出　　版：湖南文艺出版社
　　　　　（长沙市雨花区东二环一段 508 号 邮编：410014）
网　　址：www.hnwy.net
印　　刷：北京中科印刷有限公司
经　　销：新华书店
开　　本：875 mm×1230 mm　1/32
字　　数：204 千字
印　　张：10
版　　次：2024 年 5 月第 1 版
印　　次：2024 年 5 月第 1 次印刷
书　　号：ISBN 978-7-5726-1690-7
定　　价：68.00 元

若有质量问题，请致电质量监督电话：010-59096394
团购电话：010-59320018